Bruno

Gerhard Falkner

Bruno

Eine Novelle

Berlin Verlag

FSC
Mix
Produktgruppe aus vorbildlich bewirtschafteten Wäldern und anderen kontrollierten Herkünften

Zert.-Nr. GFA-COC-1278
www.fsc.org

Umschlaggestaltung: Nina Rothfos & Patrick Gabler, Hamburg
Typografie: Birgit Thiel, Berlin
Gesetzt aus der Walbaum von Greiner & Reichel, Köln
Druck & Bindung: CPI – Ebner & Spiegel, Ulm
Printed in Germany
ISBN 978-3-8270-0785-8

www.berlinverlage.de

»Verteilt nicht das Fell des Bären, bevor er erlegt ist.«

Indianisches Sprichwort

I

Dass ich hier bin, habe ich in der Zeitung gelesen.
In der Zeitung steht, ich sei in Leuk eingetroffen.
Leuk ist ein Ort im Wallis.
Das Wallis ist ein Kanton in der Schweiz.
Die Schweiz ist ein kleines Land aus Granit im Herzen Europas.
Da der Notiz in der Zeitung ein Bild beigestellt ist, weiß ich wenigstens, wie ich aussehe.
Obwohl ich mir immer gewünscht habe, niemals so auszusehen, wie dieses Bild mir nun unwiderlegbar vor Augen führt, wird es mir vielleicht behilflich sein, den ausfindig zu machen, den es darstellt.
Auch wenn es sozusagen nur den auf der Vorderseite des Kopfes befindlichen Ausweis oder, etwas antiquiert ausgedrückt, das Konterfei an der Spitze jener sterblichen Hülle zeigt, deren Bewohner ich auf die Spur kommen möchte.
Vielleicht wird es mir aber gar nicht viel helfen, dieses Foto.
Es zeigt ja weiter nichts als ein Gesicht in weiter nichts als einer Zeitung.
Im Grunde genommen also nichts.
Seit meiner Ankunft sieht sich dieses Gesicht, ein Gesicht, das ich aus Berlin mitgebracht habe und dem ich

nun ein anderes, aber ebenfalls eigenes, hinzuzufügen die Absicht habe, umringt von Bergen.

Es sieht sich, dieses Gesicht, umringt von Bergen, deren Gipfel noch jetzt, Anfang Juni, in Eis und Schnee getaucht sind.

Wie weit über der Höhe treibende Segel aus Silberfolie blitzen diese Gipfel, sobald das Sonnenlicht sie trifft.

Dabei dringt keinen Steinwurf entfernt von meinem Fenster bereits das Glühen der Cerisen durch die Laubdecke eines burlesken, alten Kirschbaumes und die Weinstöcke sind schon auf die Größe von tadellos in Reih und Glied stehenden Schulkindern herangewachsen.

Wahrscheinlich ist es, was die Temperaturen angeht, mit dem Ich ganz ähnlich: Die Hitze sitzt tief, und je höher es aus seiner Umgebung herausragt, umso eisiger wird es.

Während das Denken in einer Region gedeiht, in welcher Klarheit und Kälte einander begünstigen, kocht in den Eingeweiden der Trieb, gärt in den Lenden das Laster und an den Füßen züngeln die Flammen.

Meinem Gesicht direkt gegenüber und meinen Blicken die Aussicht verstellend auf die in erschreckende Höhen ragenden Gipfel des Alpenhauptkamms, die sich dahinter verbergen und deren Namen in dieser Gegend meist ebenfalls auf Horn enden, erhebt sich das Illhorn.

Zu Füßen des Illhorns und dem breit vorgelagerten Gorwetschgrat, hinter dem ein gewaltiger Lössschutttrichter herunterkommt, wälzt sich wie ein breiter hellgrüner Strom der Pfynwald das Rhonetal hinab.

Das Auge überfliegt den saftigen Strom dieses hellgrünen Kiefernwaldes, welchem an den Rändern noch süß duftende Robinien eingeflochten sind und an dessen nordwestlicher Flanke in ihrem weit schwingenden, natürlichen Bett immer wieder die seifigen Turmalintöne des Flusses durchschimmern, vom Fenster eines ehemaligen Walliser Getreidespeichers.

Wie die Chalets dieser Alpenregion, dieser ganzen, noch vor wenigen Generationen abgeschnittenen Berggegend, sind auch die Speicher aus kräftigen Lärchenholzstämmen gezimmert, die von der Sonne schwarz gebacken sind.

Das Holz ist rissig, von den Frösten geborsten, versiegelt mit dem von den Sommern gekochten Harz dieses harzreichen Bergbaumes.

Oberhalb des alten Bischofschlosses der Stadt Leuk überblickt man von diesem Speicher aus das weite Tal in Richtung Martigny.

Am Abend, an dem ich ankomme, steigt wie ein Pegelstrich die Schattengrenze das Illhorn hinauf und erreicht gegen neun Uhr die Schneegrenze.

Während die matten Farben der abfließenden Wälder und der zwischen ihnen herabströmenden nackten Felse sich eindicken und mit dem schwärzlich-grünen Mus im Tale zu verschmelzen beginnen, bietet dieser Gipfel der Sonne noch lange sein dreieckiges Segel aus Eis.

Eine geraume Weile wirken die Fundamente der umliegenden Berge, als wären sie gegen mich herangewälzt, um der ungeheuerlichen Nacht, die hinter ihnen lauert, Deckung zu geben.

Nun jedoch, wo sie überall hervorbricht und die Dunkelheit, seit Stunden unermüdlich herbeigesungen von den Amseln, mit Macht überhandnimmt, beginnt das Flämmchen meines Ichs zu flackern, und obwohl der Radius, den es beleuchtet, nicht der Rede wert ist, beleuchtet es einen Umkreis, der genügt, meine Umrisse zu erkennen.

In diesen Umrissen sehe ich mich einen Berg hinaufstolpern, wie jemand, an dessen Gang man bereits erkennt, dass er nicht alle beisammen hat, keuchend, irgendeiner Sache hinterherjagend, von der ich nur die Spur zu haben scheine, während hinter mir der Wald in Flammen aufgeht.

Erst gegen zehn Uhr erlischt die Spitze des Gipfels mit einem kurzen Nachglimmen wie der Kopf eines ausgeblasenen Streichholzes.

Dann werden die nackten Felsflächen aschfahl, als verschwänden Rauchfahnen hinter Nebel.

Die Amselstimmen verdämmern.

Die Stille gewinnt die Oberhand.

Der Wind frischt auf.

Dann ist es Nacht.

II

Dass der Bär da ist, habe ich in der Zeitung gelesen.
In der Zeitung steht, er sei im Wallis gesehen worden.
Das Wallis ist ein Kanton der Schweiz, eines kleinen, aber berühmten Landes im Herzen Europas, wo ich gestern Abend eingetroffen bin.
Da der Notiz in der Zeitung ein Foto beigestellt ist, weiß ich, wie er aussieht, der Bär.
Er ist jung und stark und die Züge seines Kopfes sind regelmäßig, mit lebhaften, tiefbraunen Augen, um deren Iris ein honiggelber Ring liegt.
Jemand wie ich könnte sich nur wünschen, auszusehen wie dieser Bär.
Sein Gesicht ist ohne das Überflüssige des Grams oder Grolls, ohne die Überspanntheiten der Reizbarkeit oder des Spotts, und zeigt auf seinem sanften Grundriss jene nur den Raubtieren Adler, Löwe und Bär vorbehaltene edle Unverfrorenheit, mit welcher sie auf den Wappen unzähliger Fürsten und Reiche dargestellt sind.
Als Erklärung für sein rastloses und weites Umherschweifen heißt es in dem Bericht der Zeitung, der Bär wolle sich paaren.
Was für eine verrückte und zugleich verstörende Vorstellung, diesen Bären Nacht für Nacht, mal im Passgang dahintrottend und dann wieder, mit diesen einwärts schaufelnden Bewegungen in einen Bärentrab

verfallend, die festen Kissen der Bärentatzen ins weiche Moos drückend und sie endlich auf die scharfen Grate des Felsgesteins setzend, kreuz und quer die Alpen durchqueren zu wissen, um sich zu paaren.

Dies waren die Strapazen, die Hannibal, Cäsar und Napoleon auf sich nahmen und die allen dreien mit großen Siegen belohnt wurden, während der Bär in die Leere jener Regionen rennt, in denen er ausgerottet ist und wo er an den Rändern abgelegener Ortschaften die Bienenkästen zerschmettert, um sich am Honig der Bienen schadlos zu halten, da der Honig einer Bärin nirgends auszumachen ist.

Der Bär, so heißt es in dem kurzen Bericht der Zeitung, sei vermutlich aus dem italienischen Trentino abgewandert und zunächst bis nach Bayern vorgedrungen, wo er bei einem Raubzug mehr als einem Dutzend Schafen regelrecht die Bäuche aus dem Gestell gerissen habe.

Aufgereiht für die Fotografen lagen ihre Kadaver in der Koppel, genauso bunt in ihren Wunden und so tot in ihren Zügen wie die toten Menschen nach dem amerikanischen Massaker im irakischen Haditha, die ein paar Seiten weiter in der gleichen Zeitung zu sehen waren.

Der Bär soll auf seine Tat hin erschossen werden, der amerikanische Präsident nicht.

Das Tier aber entzieht sich der zunächst angeordneten Hinrichtung, die nach wenigen Tagen unter dem Druck öffentlichen Protests in das Versprechen einer lebenslänglichen Haftstrafe umgewandelt wird, durch Flucht.

Es entgeht den Röhrenfallen aus Kanada, den Gummi-

geschossen, Stromzäunen und Betäubungsgewehren und schlägt sich, über Kufstein ziehend, nach Tirol durch.
Von dort muss der Bär den Weg herauf bis ins schweizerische Wallis gefunden haben.
Vermutlich wird er über Vorarlberg kommend Liechtenstein durchquert haben und das Rheintal heraufgewandert sein.
Dort wird er wohl, immer wieder auf den Berg ausweichend, dem Furkapass gefolgt sein, über den sie seit Jahrhunderten aus dem Norden ins Wallis herüberkamen.
Auch Goethe und sein Herzog August aus Weimar.
Anschließend wird er das Rottental heruntergezogen sein, bis hierher in diese Gegend, kurz bevor der Rotten zur Rhone wird.

Seit ich hier bin, kann ich, seit ich weiß, dass er hier ist, nicht aufhören, darüber nachzudenken, warum ich hier bin und warum, wenn es so einen Einzelnen wie mich in einen solchen Alpenraum verschlägt, es so einen Einzelnen, ja fast noch Einzelneren, wie einen solchen Bären, aus einer so besonderen Gegend wie dem italienischen Adamello, nach diesen enormen Umwegen und sogar Raubzügen über Bayern, wo ich ja ebenfalls herkomme, auch wenn ich diesmal von Berlin nach Zürich geflogen bin, bevor ich meine Fahrt ins Wallis mit dem Zug fortgesetzt habe, warum es also diesen Bären, welcher als zurzeit einziger Bär in der Schweiz gelten muss, ausgerechnet ebenfalls in diesen winzigen Landesausschnitt verschlägt, der nicht größer als der Abdruck eines Fingernagels auf einer Schweizkarte ist, in welchen es auch mich, als derzeit letztes lebendes Exemplar meiner eigenen Person, verschlagen hat, mich, ein ebenfalls vom Aussterben bedrohtes Exemplar einer einst in gesunden Populationen vorkommenden, unbändigen Existenz.

III

Morgens, wenn ich meine Hütte verlasse, prallt mein Blick gegen ein dickes Kissen weiß blühenden Steinbrechs, das über die gegenüberliegende Steinmauer herabsinkt.
Ein Stück dahinter erhebt sich eine Trockensteinmauer, die eine Terrasse mit Weinstöcken gegen den steilen Hang abstützt.
An den Blüten des Steinbrechs kann ich die Intensität der Sonne ablesen, ohne zum Himmel schauen zu müssen.
Je härter das Weiß, umso strahlender der Himmel.
Meist gehe ich, wenn ich morgens das Haus verlasse, in die Mitte des Ortes, um bei einem Detaillisten der Supermarktkette Migros den *Walliser Boten* und das schweizerische Revolverblatt *Blick* zu kaufen.
Selbst das Revolverblatt *Blick* kann, trotz aller Anstrengungen seiner mit Sex und Sensationsgier angefütterten Schlagzeilen, nicht darüber hinwegtäuschen, dass ich mich in einem Land mit geordneten Verhältnissen und gesitteter Gesamtlage befinde.
Einem Land, in dem der feste, gesunde Kern gelegentlich die kulturell exponierten, nach außen gerichteten Partien der Landesfrucht zu einem vielleicht etwas übertriebenen Farbauftrag anstiftet.
Eigentlich lese ich ja keine Zeitungen, weil ich anschlie-

ßend immer meine Zugehörigkeit zur menschlichen Rasse bedauere.
Höchstens wenn ich mit der Bahn reise, kaufe ich mir manchmal die *Neue Zürcher Zeitung*, weil die beim Blättern schöner knistert als jede andere Zeitung.
Den *Blick* und den *Walliser Boten* kaufe ich nur, um zu erfahren, ob es Neuigkeiten über den Bären gibt oder über mich.
Meist gibt es aber gar nichts, weder über den einen noch über den anderen.
In Ermangelung berichtenswerter Vorfälle oder aufgrund oft tagelang ausbleibender, selbst kleinster Verbrechen wird der nach Sensationen lechzende Raum zwischen der Tagespolitik, der Heimatberichterstattung und dem Sport auffällig oft gefüllt mit Farbberichten über die troglodytenhaften Gestalten der lauten und hässlichen Musik, mit ihren wüsten Grimassen, ihren zermürbenden Riffs und dem gruseligen Geflüster ihrer Blut-und-Hoden-Litaneien, also Schwermetallern wie Messiah oder Celtic Frost.
Ihre grimmigen Erscheinungen mögen im Schweizer Erinnerungen an die Urkräfte des Röhrens und Zerschmetterns wachrufen, als noch weit und breit Bären in den Höhlen der Berge hausten, und ihre schauerlichen Tätowierungen scheinen ihnen aus den Verwandlungen des Schreckens in die Masken der Volkskunst vertraut.

Gestern nun, um zu meiner Erzählung zurückzukehren, traf ich auf meinem Weg nach der Zeitung einen Mann, der mich ansprach und fragte, ob ich ihm nicht ein bisschen Einblick in meine Gedanken gewähren würde.

Er habe mein Bild in der Zeitung gesehen und würde gerne wissen, auf welche Gedanken man denn als deutscher Autor hier oben in den Bergen so kommen würde.

Der Mann hätte seinem Alter nach mein Vater sein können.
Ich antwortete ihm, dass dies nicht so einfach zu beantworten sei, weil meine Gedanken selten in eindrücklicher Form und mit klaren Konturen hervortreten würden, sondern eher ein System von fortwährenden Denkansätzen und Denkzuständen sehr unterschiedlicher Ausprägung und Deutlichkeit seien.
Sie liegen da, sagte ich, meine Gedanken, wie die Lichter einer Stadt, die man nachts mit dem Flugzeug anfliegt, sie blinken, mal heller, mal dunkler, flackern oder pulsieren, aber als einzelne, sozusagen Lichter, gäben sie kaum Aufschluss über das, wozu sie alle, einander anstoßend und sich gegenseitig erhellend, beitragen würden.
Erst die Zusammenhänge würden zeigen, dass es sich zum Beispiel um eine Stadt handelt und möglicherweise, um welche.
Das sei bestimmt Unsinn, sagte der Mann.
Die einzelnen Gedanken seien für sich genommen vielleicht ein Berg oder Gipfel, welche aber als Detail ebenso viel Bedeutung besäßen wie das System des Gebirges, das mit seiner viel größeren Komplexität diesen Berg zwar einbegreife und möglicherweise unterordne, ihn dadurch aber weder schmälere noch übertreffe.

Stimmt wahrscheinlich, antwortete ich, überrascht von dieser philosophisch zwingenden Erwiderung, wusste aber trotzdem weder mit der Antwort noch mit seiner Frage etwas Richtiges anzufangen.
Haben Sie sich denn mit der Gegend hier schon etwas vertraut gemacht, fragte er.
Bestimmt nicht so, dass ich schon damit angeben könnte, sagte ich.
Wissen Sie denn, was das für ein Berg ist, der uns hier gegenüberliegt?
Das ist das Illhorn, antwortete ich.
Und der Brocken, mit diesem scharf abgerissenen Grat an der östlichen Flanke?
Das ist der Gorwetschgrat, hinter dem der Illgraben herunterkommt.
Eine steile, knochenfarbene Rinne, aus der es, bevor man die Betonsperren einbrachte, im Frühjahr herunterkam wie der Teufel, sagte er.
Er befördert die Abrutsche und Murgänge des Schutttrichters und schwemmt sie im alten Rottenbett aus.
Ein Glück für den Fluss, sagte ich, sonst wäre er auch hier bloß noch eine betonierte Rinne.
Ganz recht, sagte der Alte.

Und die Schlucht, die hier zwischen Leuk und Varen ihren Ausgang hat?
Das ist die Dalaschlucht. Die Thermalschlucht. Die hat schon Goethe begeistert.
Er hat sie gezeichnet, als er in Inden Rast hielt.
Und der Wald, der hinter Leuk von Albinen fast bis an den Ort herunterkommt?

Das ist der Höhwald, der kurz vor Leuk in den Bannwald übergeht.
Woher kommt eigentlich diese breite Schneise toter Bäume, die sich hier in so scharf gezogenen Grenzen den Wald hinaufzieht, fragte ich.
Das war ein Waldbrand, sagte der Alte.
Vor drei Jahren gab es hier ein verheerendes Feuer, das der Wind fast bis auf Leuk heruntertrieb.
Noch Monate danach konnte man auf Infrarotaufnahmen sehen, wie der Fels glühte.
Während er sprach, wandte er sich mir zu und richtete plötzlich einen erstaunten Blick auf mich, gerade so, als sähe er es in meinen Augen aufflackern.

IV

Natürlich weiß ich, wenn ich schreibe, dass die Schweiz ein kleines Land aus Granit sei, dass die Schweiz nicht nur ein kleines Land ist und nicht nur aus Granit.

Die Schweiz ist auch ein zentraler Teil des alpinen Gehirns, das hier wegen besonders tiefer Furchung auf relativ kleinem Raum eine relativ große Oberfläche bildet, so dass die Schweizer mehr Abstand zueinander wahren können, als ihnen eine ausgezogenere Landesfläche bieten würde, weil sie sozusagen gestapelt leben.

Auch der Hinweis auf den Granit galt mir nur als ein Ausdruck Pars pro Toto, den mir die Schweizer anderer Gesteinszugehörigkeit und die Geologen verzeihen mögen.

Immerhin gibt der massive Rücken paläozoischer und älterer Granite, Gneise und kristalliner Schiefer mit seinen tertiären Granit- und Dioritstöcken, der die Walliser ebenso wie die Tessiner Alpen überwältigend dominiert und der sich in seiner kraftvollen Breite über die Landesgrenze hinüberzieht in die Ötztaler- und die Stubaier Alpen, die Hohen Tauern vollständig aufnimmt und bis über die Steirischen Alpen hinauswächst, meinem Ausdruck, zumindest von meinem Standort im Wallis aus betrachtet, einen gewissen Rückhalt, auch wenn ich damit die gänzlich andere Gesteinslage des

Schweizer Mittellands oder der Berner Alpen unterschlage.
Aber wenn man von mir sagen würde, ich sei temperamentlos, was man ja nun wirklich nicht behaupten kann, oder ich sei unberechenbar, triebhaft, monoman, rechthaberisch oder unduldsam, und eine dieser Eigenschaften oder sogar Schwächen als grundlegend für meinen Charakter anführen wollte, gäbe es ja ebenfalls, sozusagen als mildernde Umstände und gewissermaßen den Granit des bedenklichen Grundzugs ausgleichend oder wenigstens abmildernd, jene lieblicheren und weniger schroffen Formationen meines Wesens, mithin sogar helle und freundliche Züge, zum Beispiel meine Höflichkeit oder eine altmodische Gutherzigkeit, welche manche Härten meines Wesens auszugleichen in der Lage wären.
Auch da, bei diesem Blick in die eigenen Räume, für welche uns hier nun halt mal eine Gebirgswelt als Vorlage dient, weil wir uns ja immer irgendwie in den Landschaften spiegeln, in denen wir uns aufhalten oder die wir vor uns haben, macht es einen Unterschied, ob man, bildlich gesprochen, auf seine garstigen Karste blickt, seine Karawanken mit ihrem gärenden Schnee, oder ob man ihn über die farbsprühenden und wohlduftenden inneren Meeralpen schweifen lässt, die sich in den Buchten zwischen den Nizzas und den San Remos dieser Welt mit einem rasanten Glanz in südliche Meere stürzen.
Dabei befinde ich mich im Wallis in keiner Gegend, wo ich mich, wie Proust das ausgedrückt hätte, im ergreifendsten Einklang mit der Landschaft befinden würde. Ganz im Gegenteil.

Diese Landschaft widersetzt sich massiv meiner Art, meinem Denken, meiner Gefühlslage und meiner Gewohnheit, mich fortzubewegen.
Wir liegen uns gegenüber, wie vielleicht nur das Spekulative dem Spektakulären gegenüberzuliegen vermag.
Zwei Größen, zwei Kategorien, die aneinander vorbeigehen.
Die sich möglicherweise von einem Raum überspannen lassen, den die Sehnsucht zu bilden imstande sein könnte mit ihrem berühmten blauen Band, die sich aber, ohne diesen von einem solchen Sehnsuchtsbilde überspannten Raum, für mich nicht einmal unter dem letztlich versöhnlichen Begriff der Gegensätzlichkeit miteinander vereinbaren lassen.
Aber nun bin ich eben mal hier.
Und darum wird jetzt in Alpen gedacht.
Und der Bär ist, wie Augenzeugen berichtet haben, obwohl es bisher nicht offiziell bestätigt worden ist, auch hier.
Allerdings bin ich nicht nur hier, um hier zu sein, ich bin ja auch da, um mir eine Schlinge um den Hals zu legen.
Ich bin hier, um mich zur Strecke zu bringen, zu erlegen.
Ich bin hier, um den Erlegten endlich dem zu zeigen, der ihn erlegt hat.
Deshalb gibt es auch den Bären.
Und ein Bär ist ja schließlich kein Zufall.
Oder?

V

In der kurzen Zeit, seit ich hier lebe, bin ich ausgesprochen dämmerungsaktiv geworden.
Die Dämmerungen versetzen mich in eine fieberhafte und fruchtbare Unruhe, während die Spitzenzeiten von Tag oder Nacht mich mit einer narkotischen Schläfrigkeit zu lähmen scheinen.
Durch diesen Umstand, mich lebhafter diesen zwielichtigen Zwischenzeiten zu widmen, habe ich auch gelernt, dass Dämmerung nicht gleich Dämmerung ist, sondern dass Dämmerungen von einer erstaunlichen Vielfalt sind, auch wenn sie sich alle darin gleichen, dass es bei den abendlichen dunkler und bei den morgendlichen heller wird.
Ihr gravierendster Unterschied ist wohl, was die abendlichen angeht, ob sie von unten heraufsteigen, eine ungewisse Zeit träumend an den Bergwänden hängen, und dann erst auf den Himmel übergreifen, oder ob sie von oben herabfallen und die überraschte und in der Tat beinahe aufbegehrende Helligkeit des Tals zusammenpressen, bis sie mit ihr die kleinsten Reliefs und Unebenheiten seiner Beschaffenheit herausziseliert haben und dann plötzlich, im übertragenen Sinne natürlich, das Licht ausschalten.
Gestern Nachmittag nun gab es einen unruhigen, allerdings äußerst wohltuenden Wind, der gegen Abend an

Heftigkeit stark zunahm, so dass er im Ort am Hauptplatz vor der St. Stephanskirche sogar halbvolle Weingläser aus dem Stand vom Tisch fegte, und der sich in der Nacht zu einem trockenen Sturm steigerte.
Ich saß in der Küche bei einer Flasche Fendant und hatte zum kleinen Licht auf dem Kühlschrank ein paar Kerzen auf den Tisch gestellt.
Sehr spät, als mir meine Konzentration keine großen Sprünge mehr erlaubte, durchblätterte ich noch einmal den *Blick*, um nachzusehen, ob ich vielleicht Nachrichten über den Bären übersehen hätte.
Dabei blieb ich immer wieder an Schlagzeilen hängen wie: »Uff, Uma: Diese Chili Peppers sind red hot« oder »Halles Neuer (gemeint war Halle Berry): Ein Mann wie ein Fels« und bemerkte nicht, dass ein Zipfel der Zeitung in die Kerzenflamme hinuntergeflappt war und Feuer gefangen hatte.
Augenblicke später stand die obere Hälfte der Zeitung in Flammen und ich hielt in der Hand eine Fackel.
Einen verwirrenden Moment lang starrte ich in den Brand und erlebte einen Augenblick sinnloser Genugtuung.
Das Feuer wirkte auf meine Augen wie Adrenalin.
Alles in mir war mit einem Mal wach, heiß, hell und knisterte.
Gleichzeitig versuchte ich aber, die Flammen auszuschütteln, was dazu führte, dass das verkohlte Papier sich in enormen Flocken von der Zeitung löste und durch die Luft wirbelte.
Schließlich gelang es mir, die brennende Zeitung mit einem nassen Geschirrtuch zu ersticken, und ich löschte die Kerzen.

Dann öffnete ich das Fenster und stellte die große Obstschale, in der ich Abfälle für den Kompost sammelte, abgebrühten Tee, Zwiebelschalen, Mohnblüten, Thymianstängel, Eierschalen und ein paar ausgepresste Zitronenhälften, über die drei bis vier Dutzend erschlagene Mücken gestreut waren, die ich ebenfalls in den Kreislauf der Natur zurückführen wollte, zurück aufs Fensterbrett, daneben einen randvollen Aschenbecher.
Anschließend legte ich mich schlafen.
Am nächsten Morgen erwachte ich eine ganze Weile vor Sonnenaufgang.
Der Gipfel des Illhorn, der vom Bett aus wie ein mit der Spitze nach oben gerichtetes Dreieck das ganze Fenster ausfüllt, war nur erst in seinen wuchtigen Umrissen erkennbar.
Ein düsteres Dreieck vor einem ganz matten Grau.
Als ich aufstand und hinausschaute, lag tief unter mir das Rhonetal, wie ersoffen in seinem nächtlichen Dunst.
Die Luft aber war erfrischt.
Als ich in die Küche ging, um mir ein Glas Wasser zu holen, und die Tür öffnete, stutzte ich.
Der ganze kleine Raum war übersät mit Kippen, Asche, Kompost und verkohlten Papierflocken.
Es sah aus, als wäre eine Feuersbrunst durch diesen Raum gezogen und hätte es schließlich nur gelassen verschmäht, ihn niederzubrennen.
Nur die paar schweren Zitronenhälften klebten noch auf dem Teller am Fensterbrett.
Der Rest war wie mit einer Spritzpistole auf Boden, Tisch und Wände verteilt.
Dazwischen alle meine Papiere, die ich in einem Stapel auf dem Tisch hatte liegen lassen und welche nun, mei-

ner Ordnung entronnen, den Eindruck erweckten, mit sichtlicher Lust in dieses Fiasko eingetaucht zu sein.
Ich hatte, als ich vor dem Schlafengehen das Fenster öffnete, wohl den Sturm nicht mehr bedacht, vielleicht weil er gerade eine Weile Ruhe gegeben hatte.
Er muss dann später wieder aufgeflackert sein und die Küche mit Tee und Asche tapeziert haben.
Nachdem ich das Gröbste aufgeräumt und aufgewischt hatte, setzte ich mich an den Schreibtisch, um meine Dämmerungsbeobachtungen aufzunehmen und mich dieser fruchtbaren oder furchtbaren Unruhe zu überlassen, je nachdem, an welche Stelle das »r« rutscht.
Kurz nach acht ging ich in den Ort, um mir den *Blick* und den *Walliser Boten* zu besorgen.
Danach brühte ich den Tee auf, einen indischen Tumsong Darjeeling, der in einer wundervollen blauen Teedose den Weg aus dem United Kingdom hierher in diese Küche gefunden haben musste.
Ich blätterte die Zeitung durch und hielt plötzlich den Atem an.
Auf Seite sechzehn gab es die Schlagzeile: Bär geschossen.
Das »geschossen« stand allerdings in Anführungszeichen.
Darunter war zu lesen: Gluringen, VS (Wallis).
»Gesehen haben den Bären im Dörfchen Gluringen im Goms schon ein paar Leute«, so hieß es da, »aber geschossen hat ihn jetzt Hänno Carlen mit seiner Kamera. Vom Fenster seines Badezimmers hatte der Gommer in den frühen Morgenstunden den Bären am offenen Waldrand, vierzig Meter hinter seinem Haus, über einem frisch gerissenen Hirschkalb erspäht und fotografiert.«

Jetzt war er also da, gerade mal einen oder zwei Tagesmärsche entfernt.
Zwar zeigt das Foto weiter nichts als einen Bären in weiter nichts als einer Zeitung, aber vielleicht hilft es mir, indem ich mich auf die Suche nach ihm mache, den zu finden, der hier so tut, als hätte er nur auf den Bären gewartet und der, schlimmer noch, so tut, als würde auch der Bär auf ihn warten.

VI

Immer haben Frauen versucht, mich mit ihrer Hellsichtigkeit zu erschrecken.
Manchmal habe ich den Eindruck, viele sind in eine Beziehung zu mir überhaupt nur getreten, um sich zu einer solchen Hellsichtigkeit entflammen zu lassen.
Es scheint, diese Hellsichtigkeit, die einer Überhitzung der Sinne entspringen mag, obwohl sie dem, der mit ihr beglückt wird, oft nur wie eine bleierne Aussicht vor Augen steht, gewähre den Künstlerinnen, welche sie hervorbringen, eine Art von Verzückung, in der sie sich auf einmal auf ganzer Breite in ihrer Existenz wahrnehmen.
Dabei ist es umgekehrt erst die Verzücktheit, die es mit sich bringt, hellsichtig über einen Geliebten hinausschauen zu können und ihm hinter den Grenzen, welche ihrer beider Liebe gesteckt sind, die Schrecknisse auszumalen, die bei einem Versagen in dieser Liebe seiner harren.
Diese Verzücktheit verdankt sich grundlegend und abgründig einem der elementarsten Bedürfnisse überhaupt, dem Bedürfnis nämlich, sich zu spüren.
Immer wieder durchbrechen Frauen, die dieses Sich-spüren-Wollen längst in die viel weniger heiklen Bahnen zum Beispiel des Konsumierens gelenkt haben, bei geeignetem Anlass die Schranken der Vernunft, um

endlich einmal wieder in voller Daseinsbreite sich zu erleben.
Zwar hatte eine von diesen von der Lust zum Luxus konvertierten Frauen einmal zu mir gesagt, wenn man richtig Geld ausgebe, dann sei das, wie wenn man einem Fremden seine Brüste zeige, aber mit dieser so seltenen Entrücktheit sei es doch noch mal etwas ganz anderes.
Selbst wenn sie wissen, dass es nur ein Durst ist, der, je mehr man ihn stillt, immer durstiger macht, geschieht es immer wieder, dass diese Verzückung gesucht wird, einfach aus der Erbitterung heraus, von der harten, unnachgiebigen Vernunft des Geldes stets um das Nasswerden, das Schwitzen und das Kommen betrogen zu werden.
Sogar, wenn diese Verzückung das Risiko nach sich zieht, den rasenden Abrieb der Existenz damit direkt vor Augen zu haben und eines Tages nicht mehr rechtzeitig bremsen zu können.
Und wenn sie nicht mehr bremsen können, kennt die Hellsichtigkeit der Frauen mit denen, über die sie gebracht wird, kein Pardon.

Ich will ja, wo ich gerade im Begriff bin, mich von einer zutiefst anderen Seite an mich heranzudenken, nicht über die Hellsichtigkeit verzückter Frauen spekulieren, trotzdem muss ich, da mir der Bär gar nicht mehr aus dem Kopf geht, immer wieder an Mirador denken.
Sogar geträumt habe ich von ihr.
Ich habe geträumt, wie sie wie die Göttin Artio an der Hand eines Bären ausgerechnet in der eleganten Stadt Genf, und zwar auf der Rue de la Croix d'Or, vor dem

Schaufenster eines sündteuren Juweliers stand, fast nackt und in schockierender Haltung, und wie sie in unmissverständlicher Weise auf das kostspieligste Stück in der Auslage deutete, eine Uhr von Chopard, Modell »Super Ice Cube«.

Nur mit Blättern war sie bekleidet, in das Haar hatte sie Fichtenreisig geflochten, und ihre lange, rote Zunge quoll in einem schlappen S zwischen ihren Lippen hervor.

Mirador war eine Kreolin, die ich in Kolumbien kennen gelernt hatte und mit der ich ein paar Nächte durch Medellin gezogen war und viel Aquardiente getrunken hatte.

Ihr Temperament war äußerst mitreißend, ihre Augen waren dunkel wie die Mündungen von Pistolen.

Obwohl Mirador ganz anders war als die oben erwähnten Frauen, weil sie katholisch war und alles andere als verwöhnt, enthusiastisch und abergläubisch, ein Suchttyp einerseits, dann aber auch robust in ihren Gefühlen, zeigte auch sie Neigung zu dieser Verzückung und scheute sich nicht, wenn es darum ging, die Pulse des pulsierenden Lebens zu öffnen, mit ihrer Hellsichtigkeit zu erschrecken.

Sie war es, die irgendwann in kraftvoller Verkürzung zu mir sagte: Wer nicht glücklich ist, vergeudet im Leben nur seine Zeit.

Eines Nachts, als wir spät noch in einer Bar saßen, mitten in der Hölle von Medellin, nahm sie meine Hand, betrachtete meine Handlinien und wandte sich entsetzt ab.

Nach einer Weile fragte sie: Was ist dein Totemtier?

Hab ich keins, antwortete ich.

So ein Unsinn, natürlich hast du ein Totemtier.
Du hast doch schließlich auch einen Schwanz, und Augen im Kopf, und eine Mutter. Warum solltest du kein Totemtier haben.
Mach diese Augen mal zu, sagte sie, streifte mir mit der Hand über die Lider, als müsste sie einem Toten die Augen schließen, wartete ein paar Sekunden und stieß mir dann mit dem Handballen gegen die Stirn.
Was siehst du jetzt, fragte sie.
Nichts, antwortete ich wahrheitsgemäß.
Einen Moment saß sie stumm da und es hämmerte in ihrem Gesicht, obwohl sie keine Miene bewegte.
Doch, ich habe ein Totemtier, sagte ich nach einer Weile, um sie nicht zu enttäuschen.
Es ist der Falke.
Sie zündete ein Streichholz an und ließ es fast bis zu ihrem Fingernagel herunterbrennen.
Nein, sagte sie, dein Totem ist nicht der Falke, das ist vielleicht dein Idol, aber nicht dein Totem.
Dann schaute sie mich an und sagte: Dein Totem ist der Bär.
Warum ausgerechnet der Bär, fragte ich.
Bin ich denn so tollpatschig oder so drollig?
Blödsinn, sagte sie schroff – vielmehr bullshit, denn wir sprachen englisch.
Keines von beiden trifft sein Wesen, sagte sie.
Der Bär ist bestimmt durch seinen Kopf, die Kraft und das Geheimnis seines Kopfes, denn dieser Kopf transportiert immer eine Seele von einem Leben zum nächsten.
Wenn man einen Bären tötet, so darf keinesfalls der Kopf verletzt werden, da diese Seele sonst entweicht.

Wer sagt das, fragte ich.
So sagt man bei den Burjaten, einem Stamm der Mongolen, die große Jäger sind und berühmte Bärenfänger. Aber die Weisheiten der Jäger sind überall dieselben, egal wo sie leben.
Die Augen der Bären heißen bei ihnen Sterne.
Dann sagte sie, es würde für mich vielleicht irgendwann einen Moment geben, wo ich herausfinden müsste, ob ich weiterhin leben möchte wie ein Bär, ohne mir dieser Tatsache bewusst zu sein, oder ob ich den Mumm aufbringen würde, Licht in meine Existenz zu bringen.

Ja genau.
Licht!, sagte ich.
Und richtig hell soll es brennen.

VII

Wenige Tage nach der Nachricht über das Auftauchen des Bären am Rande der Ortschaft Gluringen fuhren wir mit meinem roten Peugeot 404 das Val d'Anniviers hinauf bis nach Zinal.

Neben mir saß der alte Mann, der mich vor kurzem angesprochen hatte und gefragt, ob ich ihm nicht ein bisschen Einblick in meine Gedanken geben könnte.

Er hieß Anatol Zermatten, wie ich inzwischen erfahren hatte, also Anatol, und eben nicht Urs Zermatten, was für mich immerhin eine Option gewesen wäre.

Wir waren inzwischen zum Du übergegangen, beziehungsweise er hatte das Sie einfach sukzessive durch das Du ersetzt.

Anatol hatte ein Gesicht, das sehr schmal war und äußerst länglich und das, da es außerdem von der Sonne verbrannt war, aussah wie ein Brett.

Dieses Gesicht wurde aufgehellt von ein paar ungemein lebhaften Augen.

Er trug einen etwas zerbeulten grauen Hut, der sich jenseits von jeglicher Folklore und ebenso von jeglicher Verschrobenheit als wirkliche Besonderheit auf seinem Kopf behauptete und unter dem ein paar längere, gewellte und für sein Alter noch ziemlich schwarze Haarsträhnen hervorquollen.

Nachdem er sich überzeugt hatte, dass ich mich ernst-

haft für die Gegend interessierte, hatte er mich zu diesem Ausflug eingeladen.
Die Straße durch das Val d'Anniviers führte steil nach oben, und in manchen Kurven und Augenblicken hätte ich es fast vorgezogen, in die eigenen Abgründe zu blicken statt in jene, die hinter diesen Kurven und keine zwei Meter neben dem Steuer sich auftaten.
Der Himmel war durchsaust von Mauerseglern, welche die Augen, die ihnen folgten, immer wieder über den Abgrund hinauszureißen drohten.
Die ganze Inszenierung dieser Landschaft wirkte auf mich schockierend.
Die Wasserfälle, die überall aus den Felswänden hervorbrachen und zu Tal stürzten, um von den Tälern verschlungen zu werden, schwankten wie Stahltrossen.
Lächerliche Versuche, wie mir schien, diese Überdimensionalität zusammenzuhalten.
Als wir Zinal erreicht hatten, folgten wir zu Fuß dem Flüsschen Naviscence und stiegen hinauf zur Alpe de la Lé, bis wir das Weisshorn, das Zinalrothorn, den zerklüfteten Gipfel des Besso und drüben den Grand Cornier und die Dent Blanche in einer Runde vor uns hatten.
Anatol hatte mir beim Heraufkommen aus Zinal schon eine riesige Schneewächte auf der Pigne de la Lé gezeigt, über deren Form und Ursache wir lange gesprochen hatten.
Nun zeigte er mir die Gletscher.
Er deutete hinauf auf drei hochgelegene Eisflächen, die wie lange weiße Zungen die Schrunden des Gipfels herunterleckten.
Das sind Hängegletscher, sagte er.

Gletscher, sagte er, sind ja immer in Bewegung, aber die steilen Gletscher bewegen sich natürlich schneller als die flachen.
Deswegen gibt es da oben auch so viele Gletscherabbrüche, wo die Gletscher unterhalb ihrer Gleichgewichtszone aufgrund ihres Gewichts abreißen. An ihrer Abbruchkante entstehen mächtige Eisdome, die Séracs, und das Tosen des Gletscherrands im Frühsommer kommt vom Zusammenstürzen der äußeren Séracs.
Der Gletscher ist, wie du sicher weißt, eine aus dem Schnee hervorgegangene Eismasse, die sich aufgrund ihres immensen Gewichtes und des daraus resultierenden Drucks bewegt.
Sie haben eine Nähr- und eine Zehrzone, sagte er.
Schnee fällt und schmilzt und fällt wieder und presst sich dabei immer dichter zusammen und die Lufteinschlüsse werden immer kleiner und weniger und erst wird er Firn und dann Firneis und schließlich, als verdichtetste Form, Gletschereis.
Vom Gletschereis werden alle Farben außer Blau absorbiert.
Nur das Blau wird noch reflektiert und das ist der Grund für das herrliche blaue Schimmern oder sogar Leuchten der Gletscher.
Man sagt, das Eis verblaut bei zunehmender Dichte.
Und dort, ich deutete auf das untere Ende eines anderen Gletschers, diese kleinen Längsfurchen, die aussehen wie Hautfalten, wie Runzeln, was ist das?
Das sind Nassschneerutsche, siehst du, das sind ihre Spuren, ihre Gleitbahnen, die Schleifrinnen von diesem ganz schweren, nassen Schnee.

Aber das ist nicht mehr der Gletscher selbst, das ist ein steiles Firnfeld.
Typisch für sie ist der punktförmige Anriss, also nicht wie bei einem Schneebrett, das auf einer breiten Linie abrutscht.
Die Nassschneerutsche laufen trichterförmig aus, sie bilden immer eine umgedrehte Traube.
Ab einem Gefälle von 28 Grad im Anrissgebiet gibt es Lawinen.
Und dort unten, siehst du, das Gletschertor, unter dem die Gletschermilch austritt.
Ist das denn alles Gletschermilch, was hier überall und von allen Seiten aus den Felsen herausstürzt?
Nicht alles, sagte Anatol, zum Teil sind es auch einfach abtauende Restschneeflächen, dann haben die Fälle ein klares Wasser.
Die Gletschermilch hat immer diese Trübung wegen des zerriebenen Gesteins, das sie mit sich führt.
Das Schreckliche ist nur, sagte er nach einer Weile, dass die Nährzonen und die Zehrzonen nicht mehr im Gleichgewicht sind.
Seit Jahren weichen die Gletscher immer weiter zurück.
Man kann zuschauen.
Die Erwärmung drängt sie zurück wie die Vernunft einen Aberglauben.
Das Waldsterben, das Meeressterben, das Gletschersterben und das Artensterben, sagte er, das ist alles das Gleiche.
Dabei gibt es noch überhaupt keine Kriterien für das Artensterben unter den Menschen.
Unter denen sterben auch alle Arten aus, außer den Termiten und den Spaßvögeln.

Am besten, man würde die Armen verhungern lassen und die Reichen dafür hinrichten, dann hätte die Erde eine Weile Ruhe vor dem Schaden, den die Armut anrichtet, und vor dem Schaden, den der Reichtum anrichtet.
Aber im Grunde ist ja auch die Armut ein Schaden, den der Reichtum anrichtet.
Ich war verblüfft, diesen kernigen Mann mit seinen lebhaften, guten Augen in eine so nihilistische Position rücken zu sehen.
Ja, sagte ich, aber immerhin gibt es wieder Adler, Steinböcke und Lämmergeier hier oben.
Das schon, sagte er.
Aber du interessierst dich ja doch nur für den Bär.
Ich fiel aus allen Wolken.
Woher weißt du das denn, fragte ich ihn.
Nun, sagte er, erstens habe ich Augen im Kopf, und zweitens ist mir zugetragen worden, dass du dich beim Wildhüter in Leukerbad erkundigt hast, wo er sich aufhalten könnte, wenn er bis in unsere Gegend herunterkommen würde.

VIII

Wo es einen unglaublichen Bären gibt, muss es nicht unbedingt einen spektakulären Fisch geben.
Es gibt aber auch einen spektakulären Fisch.
Allerdings habe ich von ihm nicht in der Zeitung gelesen, sondern in einem Buch.
In dem Buch gibt es kein Foto von diesem Fisch, da es sich um eine Erzählung handelt.
Ein Foto in einer hiesigen Zeitung gibt es daher erst recht nicht.
Der Fisch gehört zu den Speerfischen, sein wissenschaftlicher Name ist *Makaira nigricans*, im Deutschen heißt er Blauer Marlin.
Nach dem Fächerfisch gilt er als der zweitschnellste Fisch der Welt.
Eine wahre Unterwasserrakete.
Wer wissen will, wie so ein Fisch aussieht, kann ihn sich ja im Internet ansehen.
Was die berühmte Erzählung angeht, so steht zu vermuten, dass der Autor die Schönheit des *gestreiften* und die Größe des *blauen* in ein Geschöpf gezwungen hat, um beim Leser noch mehr Eindruck zu machen.
Obwohl es sich beim Marlin um einen Fisch der Superlative handelt, was Größe, Schnelligkeit und Eleganz angeht, würde sich bestimmt kein Mensch wünschen, auszusehen wie dieser Fisch.

Die ganze Kreatur spitzt sich auf ihre Waffe zu, die von einem einzigen, von den Augen bis zur Schwanzflosse tümmlerartig geschwellten Muskel durch die Ozeane geschnellt wird.
Keinem Ding kann er sich nähern, ohne es zu durchbohren.
Jeder menschlichen Vorstellung wäre es sicher leichter, sich mit einem oder zwei Hörnern auf dem Kopf vertraut zu machen als mit einer zum tödlichen Schwert verlängerten Gesichtsmitte.
Nur das Meer scheint es zu lieben, von ihm durchbohrt zu werden, sich wie im Rausch über seine Flanken zu gießen und lustvoll hinter ihm zusammenzuschlagen.
Im Grunde geht es aber gar nicht um diesen Fisch.
Wenn, dann geht es eher um einen Mann namens Santiago.
Santiago ist ein alter Fischer und besitzt, so wie er vom Autor in der Erzählung gezeichnet wird, aber auch, wie er von Anthony Quinn in der Verfilmung dargestellt wird, auffällige Ähnlichkeiten mit Anatol.
Alles an den beiden ist alt, bis auf die Augen.
Und in jeder Falte stecken noch die Spuren der Ausdauer und der Stärke, die sie einst besaßen.
Ebenso wie die Selbstgewissheit, mit der sie von ihrem kargen Leben belohnt worden waren.
Eine Selbstgewissheit, die mir abhandengekommen war.
Sobald der Bär hier auftauchte, musste ich auch an diesen Fisch denken.
Beziehungsweise an Santiago, den Fischer.

IX

Gestern war ich, um irgendwie dem Bären näher zu kommen, und sei es auch nur symbolisch, um wenigstens einen Anlauf zu machen, um mit meiner Spur eine Linie über die Landschaft zu legen, die er kreuzen könnte, um einen Geruch zu hinterlassen, um mit Tritten aufzutreten, die für Tierohren weit tragen dürften, schon sehr früh über Leukerbad zur Rinderhütte aufgebrochen.

Von dort bin ich am Wysse See vorbei zum Restipass hochgestiegen und über den nackten, schroffen Rücken der Loicherspitza zur Restialp, bis der Blick frei wurde ins Lötschental hinein und hinüber zum Doldenhorn, zum Balmhorn und zum Blüemlisalphorn.

Anschließend setzte ich meinen Weg fort hinüber zur Kummenalp, brach dann aber den Weg zum Ferdenrothorn ab, der mich noch weiter in die nackten Berge geführt hätte.

Die Wälder, die sich von der Hockenalp nach Kippel und von der Lauchernalp nach Wiler hinunterzogen, hatte ich von Zeit zu Zeit weit unter mir gehabt, und manchmal sah ich das Flüsschen Lonza aus dem Talgrund heraufblitzen.

Immer behielt ich, wo es ging, den oberen Saum des Bergwalds im Auge, genau wissend, dass vor der Dämmerung im Allgemeinen kein Wild des Waldes aus dem

Wald heraustritt und hier oben also höchstens dem edlen Steinwild zu begegnen wäre.
Trotzdem rechnete ich wie stets auch auf den Zufall, der mich immerhin vor wenigen Stunden auf einen bequem vor mir auf dem Waldweg dahinspazierenden Fuchs stoßen ließ.
Nun, da die Dämmerung langsam hereinbrach, lief ich zur Restialp zurück und stieg über den bedächtig und warm dunkelnden Wald hinunter Richtung Ferden.
Ich hatte im Rucksack eine Tüte vollreifer Pflaumen, die ich mir bei Migros gekauft hatte und die aus Chile kamen, weil im Wallis noch längst keine Pflaumenzeit war.
Von denen ließ ich nun jede viertel Stunde eine fallen, denn es gibt zwei Dinge, mit denen man Bären lockt, mit Honig und mit Pflaumen.
Ich fühlte mich dabei durchaus im Vollbesitz meines Verstands, denn selbst wenn ich der Wahrscheinlichkeit, dass eine dieser Pflaumen den Bären erreicht, eine vernichtend geringe Chance ausrechnete, ging es schließlich bei jedem noch so absurden Versuch um eine Verkleinerung der Unmöglichkeit.

Erst gegen Abend erreichte ich Ferden, um von dort aus mit dem Postbus zurück nach Leuk zu fahren.
Aus irgendeinem Grunde war ich mir sicher, der Bär würde bestimmt noch auf dieser Seite des Rottens unterwegs sein, und nicht in den vielleicht faszinierenderen linksrhonischen Tälern, zu denen das wilde Turtmanntal gehört, oder auch das Mattertal, an dessen Ende triumphierend das Matterhorn steht.
Dazu hätte er die Rhone überqueren müssen.

Kurz bevor ich in Ferden anlangte und mich umsah nach einer Bushaltestelle, entdeckte ich vor einem Garten einen prachtvollen Busch Schlafmohn.
Seine Blütenblätter brannten wie Feuer und der Stempel im Innern der Blüte war schwarz wie Asche.
Mit den Fingernägeln knipste ich mir einige von den noch nicht aufgeblühten, taubeneigroßen und noch nickenden Knospen ab, aus denen später, nach einer phänomenalen Umstülpung der Blüte, jene rasselnden Kapseln werden.
Die klebrig weiße Milch, die hydraulisch diese schwere Konstruktion des *Papaver somniferum* aufrichtet, entquoll in dicken weißen Tropfen den Wunden von Stängel und Kapsel.
Einen dieser Tropfen strich ich mit der Fingerspitze ab und streifte ihn auf meine Zunge.
Der Geschmack war äußerst bitter und haftete lange.
Ich wusste, dass ich von diesem einzigen Tropfen Kopfschmerzen bekommen würde.
Aber vielleicht brauchte ich jetzt ja Kopfschmerzen.

X

Ein paar Tage später bin ich in einem Hotel unten in Susten, an der Straße nach Brig eingekehrt.
Es hieß »Wallis Ressort«.
Auf dem Schild an der Straße stand groß: »The place to dine and rest«.
Das Restaurant des Hotels öffnete sich auf eine große, weiß überdachte Terrasse mit Rattanstühlen um die rosa gedeckten Tische.
Die Terrasse war eingerahmt von einem großzügigen Parkplatz.
Palmen in Fasströgen und andere großzügige Pflanzen rund um die Terrasse verschleierten den Eindruck, dass man inmitten parkender Autos saß.
Sie versüßten den Blick auf die Karosserien mit winkenden Palmwedeln und weich nickenden Klematisblüten.
Auf dem Parkplatz standen neben durchwegs repräsentativen Fahrzeugen vorwiegend Vans vom Typ Renault Espace, VW Touareg, Nissan Pathfinder, ein Ford Explorer mit verchromtem Rammschutz und ähnlich bullige Fahrzeuge, viele mit dunkel getönten Heckscheiben.
Auf der Terrasse wogte das Gemisch eines rauen, herzlichen und polternden Tons, der in vielen ländlichen Gegenden irrtümlich als zwar laut, aber ehrlich gilt.
Die Einstellung, egal was kommt, Hauptsache, es ist

groß und viel, schimmerte, durchaus nicht auf die Bestellung beschränkt, sondern als Lebenserwartung, durch die beherzte Art und das ungenierte Auftreten. Obwohl die jungen Männer auch hier ihre Ringe im Ohr und ihr Augenbrauenpiercing hatten, die Jeans einigen tief in den Kniekehlen hingen und vielen der jungen Frauen weder der Knopf in der Nase noch das Arschgeweih fehlten, waren sie doch, trotz sozusagen schlankerer Ausführung, unübersehbar von der gleichen, robusten Art wie die Alten und von einem durchaus ähnlichen, nicht gerade überzüchtet wirkenden geistigen Naturell.

Im Hintergrund welkten die Klänge einer Liveband, bestehend aus Rhythmusgitarre, Keyboard und einem fast pornografisch mit dem Besen gestrichenen Schlagzeug. Es waren die schmelzend-beschwingten Rhythmen des jungen Mr Acker Bilk, die hier zu Gehör gebracht wurden.

Nach einer Weile, ich war nur ein versprengter Kaffeetrinker im hintersten Winkel des Treibens, bog ein riesiger schwarzer Van auf den Parkplatz ein.

Der Wagen hielt, geräuschlos öffneten sich die Türen, und zwei stämmige Gestalten entquollen dem Fahrzeug mit seltsam runden Bewegungen, als würden sie herauspurzeln und fänden erst nach einigen strauchelnden und die Körperwucht abfangenden Tritten sicher auf ihre Fußsohlen.

Es handelte sich um einen Menschen und seine Gefährtin.

Der Mann hatte einen riesigen Ranzen, die Arme waren kurz und gedrungen und wichen rundlich der Körperfülle aus.

Die Beine waren im Verhältnis zum Oberkörper kurz und äußerst stämmig.
Er trug eine goldene Kette um den Hals, und seine ganze Erscheinung verkündete geradezu, dass er in den letzten dreißig Jahren nicht mehr und nicht weniger als den Weg vom Landmetzger und Wirt zum Millionär hinter sich gebracht hatte.
Er strahlte aus, dass er mit seinem Wirken eine Bresche mindestens von der Breite seines Wagens in diese unordentliche Wildnis geschlagen hatte, welche aus den menschlichen Zerstreuungen besteht, die den Charakter und das Feingefühl bilden und daher nicht ausschließlich dem Erwerb und der Ernährung dienen.
Die Frau trug helle, weite Dreiviertelhosen, welche durch die List eines Modemachers an den Seiten kreisrunde Gucklöcher aufwiesen, durch die man einen Blick auf ihr Beinfleisch tun musste.
Hintereinander, in einem Abstand von wenigen Schritten, trotteten sie über den Parkplatz, und als sie schwankend die Stufen auf die Terrasse heraufgetreten waren, blickten sie, den ganzen Oberkörper in das Manöver einbeziehend, um sich.
Während sie Ausschau hielten nach einem freien Platz, blieben ihre Augen gesenkt.
Dabei pendelten ihre Köpfe, um die Blicke zwischen den Tischen hin und her zu bewegen.
Eine Mischung aus Drohung und Gleichgültigkeit schwang da mit, als verstünde es sich von selbst, dass allein ihre Präsenz alle Rivalen am Futterplatz auf gebührlichem Abstand halten würde.
Und während der Mann, der seine Frau um ein Drittel an Gewicht und Umfang übertraf, auftrat, schien durch

das Fleisch eine Wellenbewegung zu laufen, wie durch ein vom Wind überlaufenes Weizenfeld oder das Fell eines rennenden Bären.

An einem Tisch in der Mitte der Terrasse nahmen sie schließlich Platz.

Ihre mächtigen Hintern senkten sich auf die Rattanstühle, was von dem tropischen Rohr und Bast mit einem fast menschlich klingenden Ächzen beantwortet wurde.

Während sie die Speisekarten entgegennahmen, gingen die pendelnden Bewegungen ihrer Köpfe weiter, als würden ihre Blicke den Fußboden wischen.

Nie schwangen sie höher als höchstens bis zum oberen Rand der Gläser auf den umliegenden Tischen, keinesfalls aber bis in die Höhe der Gesichter, wo Augen sich begegnet wären und, mit etwas Pech, Schwerter sich gekreuzt hätten.

Sie ignorierten die Gaffer und übersahen die Gäste, und erst wenn sie sich ohne Gegenüber wähnten, richteten sie ihre Körper ganz auf, drehten ihre großen, runden Köpfe, und ihre Züge zeigten Mumm und Unverfrorenheit.

Mit einem Mal stoppte der Mann den Kellner mit seiner mächtigen Pranke und sagte: Schnaps.

Er sagte weiter nichts als: Schnaps. Er brummte es.

Der Kellner, biegsam und widerstandslos, glitt mit einem Lächeln am Hindernis vorbei, einem Lächeln, dem nichts mit Sicherheit zu entnehmen war, außer dass der Gast bekannt war.

Nach ein paar Minuten kehrte er zurück und servierte Schnaps und Bier und danach einen Brotkorb und zwei Teller mit Bergen von Salat, und nach etwa zehn Minu-

ten brachte man ein rustikales, schmiedeeisernes Monstrum, das die Gestalt eines Tischleuchters hatte und an dem Spieße mit gegrilltem Fleisch herabhingen, die der Kellner mit Armagnac übergoss und flambierte.
Die Flammen sprangen bei jedem Übergießen hoch bis zum Becher, aus dem der Kellner den Alkohol goss, und schienen kurz über der Hand des Kellners zusammenzuschlagen.
Der Dicke wich vor dem Feuer zurück, nicht angstvoll, eher misstrauisch.
Danach kamen wie in einer Prozession die Kellnerinnen und trugen Kartoffeln, Gemüse und Klöße in riesigen Schüsseln auf, und die mit Fleischstücken gespickten Speere wurden von dem Gestell genommen, die gebratenen und flambierten Teile auf die Teller gestreift, und plötzlich sah ich die Bären an den Mülltonnen am Rande der großen Waldzonen vor mir und die Bären, wie sie die Rucksäcke und die Zelte von Expeditionen plündern oder in den eisigen Regionen Alaskas die springenden Lachse mit ihren Zähnen aus der Luft fischen, getreu ihren Grundzügen von Gemächlichkeit und Gefräßigkeit.
Ich sah den Wärter des Bärengrabens zu Bern, wie er einen Berg frisches Obst und Gemüse in den Zwinger schüttet, gleich hinter der Nydeggbrücke, wo die unvergleichlich grüne Aare sich wie ein Collier um das alte Bern schmiegt.
Dann kamen schon wieder die Kellnerinnen mit Obst und Gebäck, und die Frau musste ihre Louis-Vuitton-Tasche mit den hellbraunen und honiggoldenen Initialen, die sie demonstrativ auf dem Tisch platziert hatte, bevor sie ihr Gesäß auf den Stuhl hatte sinken lassen,

beiseite stellen, um Platz für neues Futter zu schaffen, und die beiden Herrschaften saßen an dem Tisch mit ihren unverfrorenen Gesichtern und ihren komisch ernsthaften Mienen, und dann sah ich, wie der Dicke, der kein gewöhnlicher dummer Dicker war, sondern ein starker und gefährlicher Dicker, der sein Gesicht, als der Kellner das Fleisch flambierte, unduldsam auf die Seite gedreht hatte, um es gleich nach dem Erlöschen der Flammen wieder jener besorgten Ausdruckslosigkeit zuzuwenden, in die er sich zusammen mit dem Gesicht seiner Frau teilte, seinen Blick geradewegs in meine Augen richtete, und es schien mir, als begänne er vor Wut zu brummen.

XI

Du musst da durch, dachte ich.
Du musst da unbedingt durch, begann ich mir laut vorzusagen, obwohl es, wie ich mir ebenfalls sagte, im Grunde nichts gab, wo ich unbedingt durchmusste.
Der Alte hat es schließlich auch geschafft, so sagte ich mir dennoch, diesen ungeheuren Fisch an die Leine zu kriegen.
Dieses Ungetüm, bei dessen Anblick man seinen Augen nicht traute.
Einen Blauen Marlin, einen wahrhaft majestätischen Vertreter aus der Familie der Speerfische, der fast zweimal so groß war wie sein Boot und so schnell wie ein Torpedo.
Mit einem Schwert, so lang wie ein Baseballschläger und so spitz wie ein Rapier.
Mit dem rasiermesserscharfen Sensenblatt seines Schwanzes und den violetten Brustflossen, die gespreizt waren wie die Flügel eines Würgeengels, der aufgestiegen war aus der Tiefe des Meeres, um den Fischer ins Verderben zu reißen.
Aber er hat es geschafft, der alte Mann, kraft eines Willens, den es heute nirgends mehr gibt.
Eines Willens, der nur auf der eigenen Stärke und auf der eigenen Sicherheit beruht, auf sonst nichts.
Er bewunderte das Tier, das er bezwingen wollte.

Er sagte sogar, dass er diesen Fisch liebe.
Er liebte ihn seiner Kraft und seiner unirdischen Eleganz wegen.
Er sagte sich, dass er mit dem Töten dieser wundervollen Bestie nur ein ewiges Gesetz erfülle.
Der Fisch war sein Gegenüber, sein Bruder.
Um sein Ziel zu erreichen, musste er seinen Schlaf überwinden, seinen Schmerz, seinen Hunger und, was das Schwierigste überhaupt war, sein Alter.
Er war ein alter Mann, dessen einstige Kräfte, Bärenkräfte, von den Muskeln in die Erinnerungen und die Geschichten geflossen waren.
Wo aber sollte ich denn schon groß durchmüssen.
Der Bär würde niemals meine Beute werden, abgesehen davon, dass ich überhaupt nicht beabsichtige, dass er meine Beute wird.
Wenn, dann wird er die Beute von Menschen werden, die ein Gegenüber in der Natur gar nicht mehr kennen.
Von Problemmenschen.
Meine einzige Beute wäre eine Begegnung, die aber so unwahrscheinlich ist, dass bereits der Versuch, sie herbeiführen zu wollen, eigentlich als leichte Unzurechnungsfähigkeit, wenn nicht gar als milder Wahn einzustufen ist.
Obwohl ich einige Kenntnisse besitze, was die Jagd betrifft, wäre ich vollkommen unfähig, der Spur eines Bären zu folgen.
Unfähig, seine Witterung auch nur zu ahnen, die um diese Jahreszeit selbst für karelische Spürhunde schwer aufzunehmen ist, weil sie bereits nach kurzer Zeit in der Hitze verdunstet.

Der einzige Ozean, auf den ich mich weit hinauswage, ist der Ozean der Abwegigkeit.
Der fixen Idee.

Vor vielen Stunden hatte ich von der berühmten Ortschaft Raron, die ich wegen Rilkes Grab besucht hatte, meinen Weg in die Berge eingeschlagen.
Nun brach der Abend herein mit einer Dämmerung, die es in sich hatte.
Eigentlich waren es nur Gold und Feuer, die aufeinander eindrängten und die versuchten, sich gegenseitig zu übertrumpfen und auszulöschen.
Alle anderen Mitkämpfer in diesem Schauspiel, das verbliebene Blau des Himmels, die knochig leuchtenden Felsen oder die verdämmernde Farbe der Wälder, waren zurückgestuft auf die Rolle von Komparsen.
Kaum drohte das Gold unter den Flammen der Abendröte völlig wegzuschmelzen, als auch schon neues, über den von Strahlen durchstochenen Horizont wie über eine Glasscheibe herunterlaufendes Gold das rote Lodern wieder eindämmte und zurückdrängte.
Aber langsam ließ der Brand nach.
Es war immer noch heiß, der Wald knisterte vor Erschöpfung, und der Abend begann die ersten Nester sinnloser Dunkelheit zu bauen.
Ich ging entlang dieser zottigen Ufer der Dämmerung, und meine Arme streiften das Bärenfell der Gestrüppe, während das letzte Glühen die Wipfel der Bäume mit einer feurigen Monstranz umgab.

Als der Streit zwischen Gold und Feuer mit einem Unentschieden zu Ende ging und alle stummen Zeugen in ihren völlig ausgelaugten Farben zurückließ, war abzusehen, dass eine relativ helle Nacht zu erwarten stand.

Ich beschloss, obwohl ich mich bereits auf dem Rückweg befand, nicht nach Leuk zurückzukehren, sondern die Nacht draußen zu verbringen.

Ich schlug den Weg nach Ausserberg ein und stieg von dort den Weg ins Baltschiedertal hinauf.

Während meine Gedanken von einer schläfrigen Unbestimmtheit waren und sich in einer sinnlosen Unselbstständigkeit bewegten, waren die Sinne geschärft, denn der Pfad stieg steil an, bis er, an gewaltigen Abstürzen der Landschaft vorbeiführend, die berühmte Suone, eine über weite Strecken aus dem Gestein gehauene Wasserleitung, erreichte und ab da auf regelmäßiger Höhe der Talflanke folgte.

Der Wildhüter hatte gesagt, dass der Bär, wenn er überhaupt das Goms verlassen und bis in unser Wallis herunterkommen würde, sich am ehesten das Turtmanntal oder das wilde Baltschiedertal aussuchen würde, oder aber er würde sich in einer abgelegenen Ecke des Lötschentals verkriechen.

Im Baltschiedertal war man, allerdings ein gutes Stück weiter oben, vor einigen Jahren sogar auf Wolfsspuren gestoßen.

Der Wolf, hatte der Wildhüter gesagt, gehe über den Grat, der Bär, hatte er gesagt, gehe nicht über den Grat, er folge den Pässen.

Wegen seines Gewichts müsse er mit seinen Kräften haushalten.

In dieses obere und wilde Baltschiedertal wollte ich hinauf, möglichst bis knapp über die Baumgrenze.
Während das Wasser wie Munition durch die Steinrinne der Wasserleitung zischte und die Bergseite sich in immer verworrenere Schwärze hüllte, halbblind, von den vagen und eingerollten Spitzen der Farne durchstochen, schwelte zum Abgrund hin ein weißlich zerstäubtes Licht, das den Wald, der unten lag, wie einen wüsten, schweren Teppich beleuchtete, auf dem wie Webmuster die bleichen Schneisen ehemaliger Lawinenabgänge sich abzeichneten.
Ein Licht, das nicht ausreichte, die senkrechten Abstürze der Felsen bis zu ihrem Grund hin auszuleuchten. Über mir trieben die weißlich schimmernden Wolken, und überall um mich herum raste vollkommen lautlos das Getier.
Ich verspürte das mächtige Wachsen der Massive und kämpfte mit der sich in Wellen auftürmenden Dunkelheit wie ein Schwimmer mit dem Wasser.
Ein paar Mal während dieses traumverlorenen Dahingehens hörte ich den Klagelaut eines erlöschenden Lebens, dann hatte eine Eule oder ein Marder eine Kreatur an ihrem Schlafplatz abgesammelt, ohne ihr viel Zeit für einen Protest einzuräumen.
Manchmal wurde der Weg sehr schmal, wenn er sich auf gar keinen gewachsenen Grund mehr stützen konnte, sondern direkt aus dem Fels entweder herausgehauen oder herausgesprengt war, weil eine senkrecht herunterkommende Wand seine natürliche Fortsetzung verhinderte.
Hier verlief er oft nur ein paar Fuß breit neben der Wasserleitung.

Dort, wo er in den Felsen einschwang und ein Knie bildete, war er oft von Wasser überlaufen, das entweder aus der Kurve der Rinne spritzte oder über die Felswand herunterrann.
An diesen Stellen gab es ab und zu ein Geländer, etwa ein Zoll dicke Eisenstangen, die im Stein befestigt waren und zwischen denen ein Drahtseil hing.
Ich war inzwischen so weit gekommen, dass das Ende des Tals, jedenfalls auf der Höhe, auf der es dieser Pfad begleitete, undeutlich in Sicht kam.
Wahrscheinlich war es kurz vor Mitternacht.
Ich kam erneut an eine solche Stelle, an der es steil und sehr weit in die Tiefe ging.
Diesmal war es keine Einbuchtung, sondern eine Ausbuchtung der Wand.
Auch hier gab es ein seichtes Wasser, das in einer wimmelnden Bewegung über das scharfgratige Gestein floss.
Es schimmerte wie der Bauch einer Forelle.
An dieser Stelle gab es wieder ein Geländer.
Das Wasser war kaum mehr als einen Schritt breit und nirgends mehr als einen halben Finger tief.
Auf der anderen Seite des Rinnsals lag ein flacher, tellergroßer Stein, und ich setzte an, ihn mit einem leichten Sprung mit dem rechten Fuß zu erreichen.
Noch während ich sprang, wusste ich, dass das ein Fehler war.
Ich sah, wie mein Fuß auf dem Stein aufsetzte, sah, wie dieser Stein auf dem Wasser ausrutschte und davonschlitterte.
Als ich versuchte, meinen Körper herumzureißen, um nach dem Seil zu greifen, gab ich diesem Sturz, da ich

es nicht in die Hände bekam, einen noch ungünstigeren Drall.
Der nachsetzende Fuß knickte und rutschte ebenfalls weg, ohne den Sturz auch nur im Geringsten abfedern zu können.
Ich krachte erst auf meine linke Schulter, dann schlug mein Kopf auf.
Das Adrenalin kam so schnell, dass ich keine Spur von Schmerz spürte.
Ich merkte, wie ich auf dem Wasser und zwischen den Eisenstangen in den Abgrund hinausrutschte, während sich meine Arme auf den Fels pressten und meine Hände Halt suchten.
Erst als meine Arme ausgestreckt und im rechten Winkel zum herunterhängenden Körper lagen, hatten sich die Finger an ein paar Spalten und Unebenheiten des Steins festkrallen können und meine linke Schuhspitze hatte einen winzigen Stützpunkt gefunden.
Keiner dieser Punkte würde jedoch ausreichen, mich wieder hinaufzuziehen.
Beide Eisenstangen, an denen das Drahtseil befestigt war, standen zwar knapp, aber eben doch außerhalb der Reichweite meiner Arme.
Nach einem Ruck meines Kopfes, mit dem ich mich vielleicht zum Denken ermuntern wollte, sah ich plötzlich die Sterne.
Es waren so viele, als wären drei oder vier Galaxien übereinandergelegt und verschmölzen zu einer fast unerträglichen Dichte.
Ich fühlte nichts.
Ich dachte nur, bestimmt sind jetzt deine Hände so aufgerissen wie die Hände des alten Fischers, nach dem

tagelangen Scheuern der Leine, an der jener riesige Marlin um sein Leben kämpfte.
Ich versuchte zu sehen, ob das Wasser Blut unter den Händen hervorspülte, aber um das zu erkennen, war es zu dunkel.
Die Vorstellung des Abgrunds, über den ich hinaushing, war vollständig ausgeblendet.
Die Finger waren vom Festhalten an den Unebenheiten des Steins so gespannt, dass die Fingerkuppen jederzeit vom glatten Stein abspringen konnten oder die Gelenke aufschnappen wie gebrochene Schlösser.
Ich schaute nach links und nach rechts und sah, dass die linke Eisenstange mir ein bis zwei Handspannen näher war als die rechte.
Wenn es mir gelingen würde, zwanzig Zentimeter weiter nach links zu kommen, könnte ich, wenn ich es schaffte, den linken Arm zur Seite zu schnellen, die Eisenstange vielleicht fassen und an ihr mich hochziehen.
Aber dazu musste ich den winzigen Tritt, den mein linker Fuß hatte, aufgeben.
Was ich zu tun hatte, nennen die Kletterer: Stabilisierung des Weitertretens durch Kraft.
Die erste Voraussetzung dazu war, den Körperschwerpunkt zu ermitteln.
Ich versuchte, die Last meines Gewichts auf die ganze Länge meines rechten Arms zu legen, und schob die linke Hand, ebenfalls vom ganzen Arm gestützt, in Richtung der Eisenstange, bis ich die trockene Schärfe eines Steins fand und mich dort mit den Fingern verhakte.
Dann zog ich den rechten Arm nach.
Vorsichtig wie die Fühler einer Schnecke suchten meine Füße Halt.

Mit dem linken Fuß fand ich einen kleinen Grat am Fels, wo ich ihn aufsetzen konnte.
Dann gab es diesen blitzartigen Moment, in dem mir klar wurde, jetzt ein Fehler, und es gibt nie wieder einen.
Dann kannst du dir den Bären abschminken, und das ganze Feuer dazu.
Der letzte Teil des Gedankens rauschte nur wie ein leeres Echo an mir vorbei.
Eine Sekunde muss ich jetzt mein gesamtes Gewicht auf den rechten Arm verlagern, dann mit aller Kraft die rechte Schulter hochreißen und den linken Arm zu der Eisenstange hinüberschleudern.
Ich muss sie unter allen Umständen mit der Hand zu fassen kriegen.
Sonst ist es aus.
Gerade war ich dabei, diesen Gedanken noch einmal aufzunehmen, als mein Körper den Durchführungsbefehl aus einem unmittelbareren Zuständigkeitsbereich meines Gehirns bereits empfangen hatte.
Ich sah nichts, fühlte nur das Schnellen, dann hielt meine Hand die Eisenstange umklammert.
Nun hatte ich festen Halt und konnte den rechten Arm nachziehen.
Ich stemmte die Füße gegen die Wand und zog mich an der Stange hoch.
Ich wusste plötzlich, dass mein Gewicht in Verbindung mit dem Wegstemmen meines Körpers und dem immer länger werdenden Hebel die absolute Belastungsgrenze für ihre Verankerung bedeuten musste, aber schließlich gelang es mir, ein Bein ganz auf den Weg hochzuziehen.

Ich zog das rechte nach.
Dann stand ich wieder oben.

Meine Handflächen und die Unterseite meiner Arme waren aufgeschürft.
Durch den Handballen der Rechten zog sich über die Länge eines Fingers ein tiefer Riss.
Die Schulter war geprellt, zwei Bänder, wie sich später herausstellte, gerissen.
Blutergüsse waren wie rote und violette Wolken an den Armen aufgezogen.
Sogar trotz der Nacht konnte ich das erkennen.
Ich kühlte, als ich oben war, die Arme im Wasser, spülte das Blut ab und knetete die Hände, die sich von der Anspannung verkrampft hatten.
Geräusche, die es seit dem Sturz nicht mehr gegeben hatte, kehrten zurück.
Das Leben belebte sich wieder, wenn auch noch mit den geknebelten Lauten der Nacht und skandiert von den rhythmischen Intervallen der Lautlosigkeit.
Ich verließ die felsige Biegung und ging ein paar Schritte voran, bis ich ein trockenes und zum Himmel hin exponiertes Wegstück fand.
Dort setzte ich mich nieder.
Falsche Baustelle, dachte ich, stützte den Kopf in die Hände und brütete eine Zeit lang vor mich hin.
Das sind doch wirklich die falschen Herausforderungen, die du dir hier aussuchst, dachte ich.
Es geht doch bei dem, worum es hier geht, um eine Verdichtung der Lebensgewissheit, nicht um eine Vernichtung des Lebens.

Da bemerkte ich, dass der Himmel einen Stich ins Helle bekam, und hörte zwei, drei unendlich zaghafte Vogelstimmchen, die sich durch einen Teig der Mattigkeit zu mühen schienen.
Dann brach mit einem Male ein Tumult los, den wohl der erste Lichtstrahl in irgendeiner grauen Ferne zu entfesseln schien.
Es war, als begännen alle Vögel gleichzeitig zu schreien. Sie sangen keine Lieder, sie schrien wie am Spieß.
Dieser stürmisch gefeierte Tagesanbruch betrachtete offenbar auch mich als Teil seiner Raserei.
Es war, als würde ich mit den Mänaden rennen.
Gleichzeitig wurde mir klar, was ich schon immer wusste, dass dies ein alltägliches Ritual war, nichts Besonderes, sondern im Gegenteil das absolut Unbesondere, die hymnische Begrüßung des Tages durch die Natur, unterlegt von den Prozessionen ihrer unermüdlichen und schweigsamen Prozesse: fließen, wachsen, blühen, explodieren, welken, erstarren, verrotten. Zusammensetzung und Zersetzung.
Dieses Explodieren im ersten Licht ist der Sex, dem die Pflanzen fast noch umfassender und beispielloser sich hingeben als die Tiere.
Ich stand auf, taumelte ein paar Schritte und setzte mich wieder.
Es war inzwischen wohl halb fünf oder fünf.
Tief unten hörte ich das kalte Lachen des Wassers, das Zischen der Wasserfälle.
Ich starrte in das riesige, aufgesperrte Ohr des Waldes, das dieses triumphale Getöse verschlang.
Wie der alte Mann in seinem Boot nach überstandener Nacht lehnte ich mich zurück, spürte den Schmerz, und

während ich auf diese Geste wollüstiger Verwirklichung starrte, mit welcher der Tag in Erscheinung trat, erschöpft von der Schlaflosigkeit, durchbrauste mich, quasi auf dem Rücken Tausender von Vogelstimmen, ein Moment unglaublichen Entsetzens.

Vor mir sah ich den Abgrund, immerhin gute hundert Meter senkrecht abfallender Fels, und zu Füßen der Wand riesige Granitblöcke zum Aufschlagen, Opferstöcke für einen zu Matsch zerschellenden Dichter.

Aber das war es nicht.

Es war viel schlimmer.

Nicht dieser wirkliche Abgrund war es, der mir diese Gänsehaut über den Rücken trieb, sondern das riesige Reich der Kaltblütigkeit und der Entseeltheit, das ich plötzlich so nahe an mich herangerückt fühlte.

Gerade weil es mir gelungen war, unter Aufbietung aller meiner Kräfte mich aus diesem Abgrund herauszuarbeiten, erkannte ich, wie wenig bereits gefehlt hatte, diese Anstrengung aufzugeben, und wie klein alle Wahrscheinlichkeiten geworden waren, für irgendetwas, das nicht seinen Ursprung in der Gier hat, bis zum Äußersten zu gehen.

Der Alte hatte nicht aufgegeben, weil er, wie er sagte, seine Zuversicht hatte.

Ich spürte, welche existenzielle Müdigkeit uns alle erfasst hat, und wie grotesk uns das macht.

Ich erinnerte mich, wie ich in Momenten fieberhafter Schönheit nach dem Leben gegriffen hatte und mit welcher Lust es mich erfüllte, selbst in Ketten zu tanzen, bis schließlich diese Welle von Ekel und Überdruss mich überschwappte und die Festigkeit meiner ewigen Jugend und meines unbesiegbaren Körpers unterspülte.

Hier also war ich.
Jenseits des Nihilismus.

Durch meinen Sturz war es unmöglich geworden, den Weg durchs Baltschiedertal bis hinauf an die Baumgrenze fortzusetzen.
Ich wendete mich gegen Chorruderi, nahm dann den Bergweg Richtung Ze Steinu und folgte diesem schließlich talauswärts.
Am Ausgang des Tales nahm ich den Bus nach Susten.
Als ich zurück war in Leuk, war es fast Mittag.
Anatol stand am unteren Ende des Marktplatzes und unterhielt sich mit der Bäckersfrau.
Als er mich entdeckte, kam er auf mich zu, sah meine zerschundenen Arme und mein geschwollenes Kinn, über das ich mir erst durch den Schmerz im Laufe des Rückwegs einigermaßen bewusst wurde.
Es fühlte sich an, als ob eine schwere Schubkarre aus meinem Gesicht herausfahren würde.
Hast du mit dem Bär gerauft, fragte Anatol.
Ja, sagte ich, aber dem geht's jetzt auch nicht besser als mir.
Der Alte lachte.
Das schafft nicht jeder, entgegnete er.
Pass ein bisschen auf dich auf, fügte er dann sichtlich besorgt hinzu.
Musst mir später erzählen, was passiert ist, wenn du dich ausgeruht hast.
Ach, nichts Besonderes, sagte ich. Ich bin ausgerutscht und hingefallen.
Ausgerutscht und hingefallen, eh!, sagte Anatol.
Da musst du beim Hinfallen aber über einen ziemlich

steilen Stein gerutscht sein, sagte er, während sein Blick über die langen Längsstriemen an meinen Unterarmen glitt.
Er hatte sofort begriffen, dass dies keine Lüge, sondern nur eine geschicktere Form der Wahrheit war.

XII

Das menschliche Gehirn besitzt ausgefaltet ungefähr die Oberfläche von dreieinhalb Bogen Schreibmaschinenpapier.
Die ausgefaltete Oberfläche der Schweiz ließe sich sicher ebenfalls annähernd errechnen, dies aber übersteigt meine mathematischen Fähigkeiten.
Das Schreibmaschinenpapier, welches wir als Beispiel wählten und das wir der Anschaulichkeit wegen ausgefaltet haben, ist beschichtet mit der Großhirnrinde, auf welcher hundert Milliarden Neuronen Dienst tun, mit der Fähigkeit zu hundert Billiarden Verknüpfungen.
Die schnellsten Neuronen im Gehirn steuern die Muskeln des Augapfels.
Das ist, angesichts der Bedeutung, die das Auge für den Menschen besitzt, kein Wunder.
Die Neuronen verzweigen sich aus dem Zellkern in Dendriten, die zusammengenommen eine Gesamtlänge von hunderttausend Kilometern haben und die elektrischen Strom leiten.
Metall leitet in Lichtgeschwindigkeit und ist diesen Dendriten damit deutlich überlegen.
Das Gehirn schafft nur eine Geschwindigkeit von 120 Metern pro Sekunde.
Der Anatom Franz Anton Gall hat Anfang des 19. Jahr-

hunderts mit der Kartierung unseres Gehirns begonnen. Damals war der Bär noch in vielen Gegenden Europas beheimatet, die Alpen galten als eine qualvolle Gegend, und das Wallis, in dem schon der große Rousseau gewandert war, als eine Region von spektakulärer Wildheit.

Auf seiner Gehirnkarte verzeichnete Gall unter anderem das Organ des Tiefsinns, das Organ des Kunstsinns und das Organ der Bedächtigkeit.

Dieses Organ der Bedächtigkeit habe ich mir manchmal vorzustellen versucht.

Oft hätte es mir sicher gute Dienste geleistet, um meine Impulsivität im Zaum zu halten.

Ich könnte mir vorstellen, dass Bären über ein solches Organ verfügen.

Als ich sie zuletzt im Bärenzwinger zu Bern beobachtete, kam mir das jedenfalls so vor.

Erst der junge französische Anatom Paul Broca hat diese alte Kartierung umgeworfen.

Sie wandelte sich, angestoßen von seinen Erkenntnissen, von einer Karte, die einer geologischen glich oder einer geografischen, in eine thermografische.

Anhand der Durchblutung lässt sich ablesen, welche Regionen des Gehirns sich in größerer oder geringerer Aktivität befinden.

Wo etwas geschieht, ist es wärmer.

Dies widerspricht unserer Behauptung, dass die Gedanken die Kühle der Gipfelregionen bevorzugen und die Hitze in den Sinnen liegt.

Nach diesen Erkenntnissen könnte man glauben, Gedanken brauchen Feuer.

Der Strom, den die Dendriten leiten, wird unterbro-

chen von Synapsen, die seine Botschaft auf chemische Waggons verladen.
Diese chemischen Waggons heißen Neurotransmitter und sind Peptide.
Vorwiegend transportiert der Neurotransmitter Glutamat die Botschaften durch den synaptischen Spalt zur gegenüberliegenden Postsynapse, von wo aus sie nach dieser Prozedur als elektrischer Strom weiterfließen können.
Glutamat ist der absolute Sprinter unter den Neurotransmittern.
Er ist der Blaue Marlin unter den Botenstoffen.
Grundlage des Geschehens ist ein binärer Code.
Neuronen kennen nur Ein und Aus.
Ich und Du ist ebenfalls ein binärer Code.
Jedenfalls solange über Null und Eins Einigkeit herrscht.
Bei sich selbst nicht mehr Ein und Aus kennen würde ein schweres Hindernis für ein reibungsloses Geschehen zwischen Du und Ich bedeuten.
Gerade dies aber ist ein Zustand, den ich seit geraumer Zeit ständig vor Augen habe.
Ich gehe durch den Wald, der oberhalb von Leuk liegt, und ich sehe, dass er trocken ist wie Zunder.
Er ächzt unter der Hitze, die im Wallis die so genannte Südrampe mit spanischen Temperaturen durchglüht.
Wenn ich auf kleine Zweige trete, brechen sie wie Zündhölzer.
Der Waldboden prasselt, als wären unsichtbare Flammen dabei, seinen genetischen Code zu verzehren.
Überall sehe ich Holz.
Heißes, trockenes Holz.

Dann sehe ich das Flämmchen meines Ichs aufflackern. Ganz zaghaft entsteht in meinem Kopf die Überzeugung, dass ich jetzt alles das bin, was von diesem Körper, der hier geht, zusammengehalten und von den Gedanken, die mich hier beschäftigen, unterhalten und gesteuert wird, und dass das, was augenblicklich über das Bewusstsein hinausragt, weil es noch nicht begrifflich erfasst ist, dennoch fest im Machtbereich dieses Ichs verankert ist und auch bereit, sich jederzeit denken zu lassen, sobald ich selbst bereit dazu bin, es zu denken.

Erst wenn das Ich einigermaßen eingegrenzt ist auf eine Person, die in diesem Ich sich als Person denkt, kann ein Du neben ihm aufatmen.

Dann erst entsteht die Möglichkeit von Kommunikation.

Ich aber habe bestimmt seit dreißig Jahren nicht mehr geredet.

Deswegen renne ich hier durch den Wald und suche einen Bären, weil es sein könnte, dass sich hinter ihm etwas verbirgt, was mir Auskunft gibt über mich.

Gleichzeitig bestärke ich das Flämmchen meines Ichs, indem ich ermunternd ins Feuer blase.

Brandstiftung hat in dieser Region eine lange Tradition, hatte mir der Wildhüter aus Leukerbad gesagt.

Auch den Namen des letzten kennt man, hatte er hinzugefügt, er möchte ihn aber nicht nennen, jeder solle vor seiner eigenen Türe kehren.

Häufig sind es ja Feuerwehrleute.

Zugrunde liegt meist eine Störung der Impulskontrolle, zu deren Folgen neben der Pyromanie auch die Kleptomanie und die Trichotillomanie gezählt werden.

Trichotillomanie nennt man pathologisches Haarezupfen.
Auch Essen, Kaufen und Spielen können unter ihren enthemmenden Einfluss geraten.
Kaufen besonders.
Manche Frauen haben in ihren späteren Jahren gar keine Mittel mehr, sich selbst zu erleben, außer beim Shoppen.
Richtig viel Geld ausgeben ist manchmal, als würde man einem Fremden seine Brüste zeigen.
Aber ich bin ja nun wirklich kein Feuerwehrmann.
Mit den Phänomenen der Impulsivität und Hypersexualität, die zum klinischen Bild gehören, könnte ich schon eher dienen.
Essen, Kaufen und Spielen hingegen habe ich völlig unter Kontrolle.
Nicht aber das Zündeln mit dem Denken.
Wenn man mit den Gedanken spielt, dann sprühen sie anders.
Sind die Dendriten auf »an« gestellt, dann feuern sie eine Salve elektrischer Impulse, die so genannten Spikes, die sich entlang dem Axon ausbreiten.
Sind sie auf »aus« gestellt, dann herrscht Funkstille.
Das maximale Feuertempo eines Neurons liegt bei tausend Spikes pro Sekunde.
Sendetempo und Senderhythmus können aber schwanken und überwinden dadurch die digitale Metaphorik.
Diese digitale Metaphorik zwischen Ich und Du zu überwinden ist die Voraussetzung für ein solches Großereignis wie zum Beispiel die Liebe.
Dieses maximale Feuertempo scheint mir im Moment gegeben.

Allerdings richtet es sich nicht auf die Liebe.
Es richtet sich auf den Wald.
Es sah aus, als wollte ich den Wald allein durch die Tätigkeit meines Gehirns in Brand stecken.
Es war, als versuchte eine Region meines Gehirns mit einem Dauerfeuer von tausend Spikes pro Sekunde diesen Wald abzufackeln.
Es war ein Feuern aus allen Rohren, aus allen Neuronen, die Spikes regneten wie Feuerwerksraketen in den Wald, und meine Augen bewegten sich rasend schnell hin und her.

XIII

Am Morgen des übernächsten Tages fuhr ich nach Basel.
Es war der 12. Juni im Jahre des Bären.
Ich war verabredet mit Ely Keyserling, einer Freundin aus München.
Obwohl sie viel jünger ist als ich, viel besser aussieht und im Unterschied zu mir auch noch, wie man so sagt, von Familie ist, behauptet sie, sie sei vernarrt in mich.
Vielleicht, weil ich es geschafft hatte, ihre Neigung zu brechen, Männer grundsätzlich en canaille zu behandeln.
Durch diese Neigung hatte sich ihr bisheriges Leben stets nur in den Zwischenräumen ereignet, die in diesen innovativen Beziehungen, welche die Ehe abgelöst haben, die Körper trennen, selbst noch wenn diese, sozusagen unter der Hand, sich vereinigen.
Schon vor Wochen hatten wir uns für die Kunstmesse verabredet.
Basel ist keineswegs so elegant wie Genf und vielleicht nicht so reich wie dieses vermessene und schlecht gebaute Zürich, aber während der Messe wird es überschwemmt von interessanten und unnatürlichen Menschen.
Ich hatte meine alte Cordhose von Pierre Cardin, die ich, seit ich in Leuk eingetroffen war, kein einziges Mal gewechselt hatte und mit der ich tagelang durch die

Berge und durch die Wälder gestreift war, endlich gegen meine neue Replay Jeans getauscht, gute Schuhe angezogen und mein dunkles Cashmere-Jackett an, und sobald ich am anderen Ende des Lötschbergtunnels den Autoverladezug verließ, verwandelte ich mich in einen dieser interessanten und unnatürlichen Menschen.
Ich stellte mir vor, wie Anatol Zermatten mit seinen lebhaften und sauberen Augen mich musterte, wie er mir mit seiner ausgebeulten Hose gegenüberstehen würde und wie sein schönes Gesicht, braun und lang und zernarbt wie ein altes Brett, einfach nur Staunen ausdrücken würde darüber, warum ich mich denn so herausgeputzt hätte, und wie er mich ohne Vorwurf, aber mit dieser Sorge, die, seit wir uns kennen gelernt hatten, stets gewachsen war, anblicken würde.
Um 5 Uhr dreißig holte ich Ely mit dem roten Peugeot 404 am Schweizer Bahnhof ab.
Die Stadt kochte in der Sonne.
Man konnte sich, wie wir erfuhren, an keinen Sommer erinnern, der im Juni so heiß war.
Der Himmel zeigte ein einziges, grelles Blau.
Ely erzählte, dass eine Reservierung im Hotel »Euler« nicht mehr geklappt habe.
In Basel sei alles komplett dicht gewesen, sagte sie.
Lass uns doch gleich noch auf die *art-unlimited* gehen, bevor wir ins Hotel fahren.
Die schaffen wir heute doch noch.
Ich war ausgelassener Stimmung.
Na klar, sagte ich.
Wir fuhren gerade über die Dreirosenbrücke.
Dann müssen wir allerdings in die entgegengesetzte Richtung, sagte Ely.

Ich drehte ohne die Geschwindigkeit zu reduzieren mitten im Fahren einfach das Steuer, die Reifen quietschten, neben mir warf sich jemand, den ich nicht mehr im Rückspiegel hatte, nun aber von der Seite sehen konnte, mit dem ganzen Oberkörper auf die Hupe, die Bremsen kreischten, der andere Wagen sauste wenige Zentimeter am Heck meines roten Peugeot vorbei, unser Wendekreis allerdings war zu groß, auf der gegenüberliegenden Straßenseite rammte ich mit dem rechten Rad den Bordstein, die Radkappe segelte in hohem Bogen über die Brüstung der Brücke, der Reifen platzte augenblicklich, die Felgen begannen auf dem Asphalt zu brodeln, und eineinhalb unvergessliche Stunden später parkten wir den Wagen mit einem gewechselten und schwer verrosteten Reserverad direkt neben dem Messeplatz.

Wir hatten noch knapp eine Stunde bis zur Schließung.

Sobald ich die Halle betrat, überschwemmte mich eine Welle von Überdruss.

Schon von weitem zeigten sich die ewig gleichen Menüs.

Es gab nichts, das ich nicht schon kannte, auch wenn ich es noch nie gesehen hatte.

Alles war bunt und armselig, nur besessen von einem unbeugsamen Willen zur Aufdringlichkeit.

Alles war, wie man das mit dem englischen Wort bezeichnet, predictable.

Zuerst wollten wir uns die Installation »tennis game« von Ilya Kabakov anschauen.

Kabakov und Boris Groys spielen Tennis.

Nach einigen Augenblicken geduldiger und fairer Diskursbereitschaft siegte die Langeweile.

Trotzdem waren wir bester Stimmung und zogen weiter.

In jeder zweiten Koje flimmerte eine mit Kabeln dekorierte Videoinstallation.

Das alte Lied, dass man mit jeder technischen Innovation eine neue Welle schlechter Kunst über sich ergehen lassen muss.

Ely wollte mir den Zusammenhang von »tennis game« mit einer Arbeit von Bruce Nauman erklären.

Plötzlich sagte sie, sie hätte dies aber im Moment gerade nicht parat, es läge ihr auf der Zunge, sie würde später noch mal darauf zurückkommen, und ich sah, dass sie schon wieder eine neue Tasche von Comme des Garçons um die Schultern hatte.

Was mir wirklich gut gefiel, war eine Arbeit von John Bock, weil die wenigstens ein bisschen wild war.

Da tanzt echt der Bär, sagte Ely und wir lachten.

Dann sahen wir uns noch bei Judy Lybke die Arbeiten von David Schnell an, die ich schon seit ein paar Jahren verfolge, weil sie mir stets eindrucksvolle Bilder vor Augen führen für meinen davonfliegenden Verstand.

Als die Halle schloss, war es in Basel immer noch hell und heiß wie in einem Backofen.

Wo wohnen wir denn, fragte ich.

Im Gasthof »Bärleinshuter« in Pratteln, sagte sie.

Das ist aber nicht dein Ernst, sagte ich, und einen Moment fragte ich mich, ob der Zufall nicht langsam etwas zu dick auftrage!

In Basel war alles dicht, außer »Hilton« und »Swissotel«, sagte Ely im Tone einer Entschuldigung.

Tut mir leid, sagte ich, ich kann da leider unmöglich hin.

Wieso denn nicht, fragte Ely.
Wenn ich den Bären im Kopf habe, wird's nichts mit dem Paaren.
Mann, sagte sie, rede doch nicht immer so!
Du weißt doch, bei der Lust hört der Spaß auf.
Eben, sagte ich.
Also gingen wir schließlich ins »Hilton«.

XIV

Ich war kaum aus Basel zurück, als Anatol auch schon vor meiner Tür stand.
Er hatte gesehen, dass der Wagen vor dem Speicher parkiert war.
Hat's schon wieder einen Unfall gehabt, fragte er.
Ich wusste nicht sofort, was er meinte.
Na, du hast doch ein völlig verrostetes Rad an deinem Rennwagen.
Obwohl der Wagen mit dem gewechselten Rad zur Mauer stand, hatte er es natürlich sofort bemerkt.
Anatol sah alles.
Seine Augen waren ununterbrochen damit beschäftigt, die Welt abzuscannen und allen Wahrnehmungen einen speziellen Platz in seiner ganz persönlichen Bedeutungsskala einzuräumen.
Der Bär ist jetzt aus dem Lötschental herübergekommen, sagte er.
Er blickte besorgt und schaffte es, mir zu zeigen, dass diese Sorge mir galt und nicht der Sache, über die er berichtete.
Ich hatte meine dunkelbraune Pierre-Cardin-Cordhose an, die ich ungewaschen wieder aus der Wäschekiste geholt hatte, trug ein weißes, zerknittertes Leinenhemd, mit einem Namensschildchen im Kragen, weil mein Vater dieses Hemd im Heim getragen hatte, bevor er starb; und ich war barfuß.

Was heißt herübergekommen, fragte ich.
Es war ein gutes Zeichen, dass ich spürte, dass Anatol mich mochte, und ich wusste auch, wen er mochte, wenn er mich mochte, jedoch fühlte ich deutlich, dass der, den er mochte und den auch ich mochte, nicht unbedingt der war, der ihm in meiner Person gerade gegenüberstand und der gerade diese Überlegungen anstellte.
Zweimal hat man ihn beobachtet, auf der Faldumalp und oberhalb von Goppenstein, sagte er.
Sie haben angegeben, es sei ein sehr großer Bär, der in der Sonne glänze wie eine riesige, zentnerschwere Kastanie.
Gestern in der Früh ist er dann oben auf der Bachalpe in die Schweinekoppel eingedrungen und hat zwei Ferkel gerissen.
Den Elektrozaun hat er einfach umgerannt, wie eine Lokomotive.
Ein verrückter Hund muss wohl auf ihn zugerannt sein, aber den hat er einfach zerdrückt und anschließend weggeworfen.
Er fasste sich bei einer seiner langen Locken, die unter seinem Hut hervorquollen, und sagte: Es ist jetzt in Bern eine Abschussgenehmigung beantragt worden.
Wie lange kann das dauern, fragte ich und spürte, wie sich eine kalte Wut wie eine Wetterfront hinter meinen Gedanken aufbaute.
Wird ein paar Tage dauern, sagte Anatol, weil der World Wildlife Fund einen Spezialisten aus Russland hinzugezogen haben will.
Stell dir vor, aus Russland, wiederholte er.
Ein paar Stunden brauchte ich noch, bis sich der

Schaum, den die Reise nach Basel in meinem Gehirn aufgewirbelt hatte, etwas gesetzt hatte und erste Inselchen einer tröstlichen Spiritualität unter seinen Bläschen wieder zum Vorschein kamen, dann fuhr ich los. Ich fuhr die kleine Straße über Albinen durch den Höhwald und den Bannwald hinüber nach Guttet und Feschel und schließlich nach Brentschen.
In Brentschen stellte ich den Wagen ab.
Eine Weile schaute ich ins Tal hinab, während ich meine Gedanken über seine Weite dahinsegeln ließ.
Ein kolossales Tal, von der Rhone geschürft, durch das, tief unten, die pfeilgerade Straße von Brig nach Sierre dahinschießt, gesäumt von Pyramidenpappeln und mit Autos, die, durch diese Höhe und Ferne verlangsamt, sich vollkommen lautlos und wie an einer Schnur gezogen in entgegengesetzten Richtungen aneinander vorbei bewegten.
Dann raffte ich mich auf und lief durch die Chalberweid und den Mittelwald hinüber zur Feschelschlucht. Bei Wäng, oberhalb einer Weide, gab es einen Einstieg in die Schlucht, hinunter bis zum wilden Flussbett der Feschilju.
Rechts blühte der Eisenhut mit seinen blauen Helmen, die aussahen wie die Helme der spanischen Conquistadores, links flammte der Phlox.
Das ganze Tal toste wie ein einziger Wasserfall.
Eine Weile folgte ich wie ein Getriebener, kreuz und quer über die Steine springend, dem Flussbett in die Höhe, keinem Gedanken Raum gebend, nur vorwärtshastend, immer ein bisschen à bout de souffle.
Dann kletterte ich über die Seitenwand in den Höhwald zurück, und kaum dass ich einige Minuten von der

Schlucht entfernt war, hatte der Wald auch schon jegliches Geräusch verschlungen und eine Totenstille begann lautlos wie Schnee auf mich herabzusinken.
Ich folgte den leisen Pfaden, öffnete und schloss immer wieder Viehgatter, die mitten im Wald auftauchten.
Langsam begann ich mich zu beruhigen, meine Augen jedoch waren pausenlos in Bewegung und meine Schritte beinahe geräuschlos.
Anders als die Tannen, die kerzengerade wie Spargel in die Höhe schießen, wölben die Lärchen den Ansatz ihrer Stämme knollenartig wie Pilze, und damit fast eine inbrünstige Bewegung ausdrückend, aus dem Gefälle des Bergwalds heraus, bevor sie in ihrem mächtigen und gedrungenen Wuchs in die Höhe steigen.
Manche von ihnen, die stärker dem Wetter ausgesetzt sind, stehen zerklüftet von Stürmen und Blitzen, und ihre Rinde umgibt den Stamm wie die Platten von Hornhaut den Leib von Panzernashörnern.
Nach einer Weile führte mich der Pfad ein Stück höher des Weges wieder hinunter in die Schlucht.
Das Wasser hatte hier oben einen härteren Klang, weil es nicht mehr so stark vom Rauschen durchzischt und verzerrt wurde.
Wo es gegen Felsblöcke prallte, gab es leichte Sprühnebel, in denen, sobald die Sonne sie traf, kleine Regenbogen zu kreisen begannen.
Streckenweise aber war die Schlucht so steil eingeschnitten, dass während des ganzen Tages keine Sonne hereindringen konnte und die Temperatur weit über fünf Grad kälter war als oben im Wald.
Je höher ich kam, umso häufiger strömten Geröllhalden mit mächtigen Granitblöcken, zerschlagenen

Schiefern und Gneistrümmern den Berg herunter, und die mächtigsten von ihnen waren im Flussbett in schockhafter Starre zum Erliegen gekommen.
Während ich stieg, löste sich ein Stein, der klackernd ein Stück tiefer rollte und dadurch einige Gamsen aufschreckte, die daraufhin wie Rasende das Geröllfeld heruntersprangen und alle Vorstellungskraft übertrafen, wie man sich bei solcher Steilheit mit solchen Sprüngen in einem solchen Tempo auf einem so unwegsamen Trümmerfeld nicht nur am Leben erhalten, sondern die eleganteste Flucht der Welt hinzulegen vermag.
Gut, dachte ich, wo es den Gamsen wild genug ist, kann sich theoretisch auch ein Bär aufhalten.
Ein Stück weiter oben verließ ich die Schlucht ein zweites Mal und tauchte wieder ein in den Wald, der nach wenigen Minuten erneut in atemloser Stille versank.
Es musste inzwischen früher Abend sein, denn die Sonne drang an geeigneten Stellen mit fast waagrechten Strahlen zwischen den Stämmen hindurch.
Immer wieder unternahm ich Anstrengungen, über mich nachzudenken, mich zu fragen, wer hier warum durch den Wald stürzt, obwohl er eigentlich in der Stadt zu Hause ist, und warum der nicht genügen soll, mit dem man sich im Allgemeinen ja inzwischen abgefunden hat, sondern ein anderer, dem man wahrscheinlich nur deshalb nicht das Wasser reichen kann, weil er zu weit entfernt ist, und dies auch noch zeitlich und nicht etwa räumlich, was natürlich viel leichter zu überwinden wäre …
Aber abgesehen von einem Anreißen dieser Gedanken gelang es mir nicht, mir auch nur im Geringsten näher zu kommen.

Es gelang mir nicht, meine Person anders zu erfassen als in ihren abgedroschensten Zuschreibungen.
Kaum hatte ich mit einigen Selbstbezichtigungen mein Nachdenken über mich ein bisschen in Schwung gebracht, schon verlor ich innerhalb kürzester Zeit wieder das Interesse, und der geliebte Satz von Frank O'Hara ging mir durch den Kopf:
Das geringste Nachlassen der Aufmerksamkeit führt zum Tod.
Wie idiotisch, dachte ich, anzunehmen, der Tod würde eintreten, also plötzlich sein, wo er doch die meisten, manche sogar eine halbe Ewigkeit lang, in verblüffender Offenheit begleitet und an ihrer Seite einfach heranwächst wie ein Schatten, bis er schließlich größer ist als die, neben denen er einhergeht, und sie einfach der Sicht auf das Leben beraubt.
Dann wird dem Begleiteten schwarz vor Augen und er ist hinüber.
Ich hatte gerade einen steilen Anstieg hinter mir, als ich auf eine kleine Heide hinaustrat, die sich weich in die Bergwand schmiegte.
Auf der Lichtung stand Wacholder, das Gras war verbrannt, die Luft roch würzig.
Na los, Brauner, zeig dich doch endlich, rief ich lautlos. Meine Gedanken aber schrien es, und in meinem Schädel gab es ein so merkwürdiges Echo, als ob er völlig leer wäre und riesig wie der Rumpf eines Ozeanfrachters.
Tritt heraus, zottiger Bär! Zeig dich mir, verdammt noch mal, damit ich endlich den Beweis habe, dass wenigstens noch eine Bestie frei herumläuft außer mir.

Was heißt hier Bestie, widersprach ich mir, denkst du jetzt auch schon in dieser Idiotensprache.
Zum Wald hin gab es einen breiten Streifen wilder Erdbeeren.
Unter dem Dach ihrer Blätter glühten die Früchte.
Die musst du doch riechen, dachte ich.
Mensch, Bär, mach mal los jetzt!
Ich kann dich nicht suchen, ich muss dich finden, redete ich weiter zu mir in dieser stummen Sprache.
Wollte ich dich suchen, so hieße dies, ein Gebiet von weit über hundert Quadratkilometern zu durchforsten, mit unzugänglichen Schluchten und steilen Wäldern und mit ziemlich wenig Aussicht auf Erfolg.
Wenn ich dich allerdings einfach finde, weil ich auf dich stoße, dann finde ich dich dort, wo ich sowieso gerade bin, beziehungsweise unser Zusammentreffen beruht gewissermaßen zu gleichen Teilen auf meinem Auf-dich-Zugehen und deinem Entgegenkommen.
Wir träfen uns an jenem heiligen Ort, an dem der kleine Zufall die große Notwendigkeit auslöscht wie der Mond die Sonne während einer Sonnenfinsternis.
Dann müssen wir sehen, was wir aus dieser Begegnung machen.
Ob wir voreinander fliehen oder aufeinander zustürzen.
Auf jeden Fall werden wir miteinander reden.
Wir werden schon eine Sprache finden, in der wir reden können.
Während ich dies dachte, durchrieselte mich ein Glücksgefühl und gleichzeitig fühlte ich mich vollkommen niedergeschlagen.
Die Seligmacher Serotonin und Melatonin waren auf meine dunklen Säfte gestoßen, mit dem Ergebnis, dass

ich mich gleichzeitig himmelhoch jauchzend und zu Tode betrübt fühlte.
Nie hätte ich es für möglich gehalten, dass ich diesen Ausdruck jemals in meinem Leben anwenden würde.
Nun aber war er eingekehrt. In meinen Wortschatz.
Genau in diesem Augenblick meines Lebens.
Dieses Leben, das immer in Unordnung war, war an einem Punkt angelangt, an dem das Wörtchen Unordnung seine Zuständigkeit verloren hatte.
Es für meine Lage anzuwenden wäre so, als würde man den Krieg eine Unordnung nennen.
Ich aber war schon immer ein Spitzenreiter im Rennen um die aberwitzigsten Schicksalsschläge.
Immer schon der Auserwählte für besonders blöde und blamable Widernisse.
Mit der Zeit hatte ich mir jedoch angewöhnt, diese Züchtigungen als eine mir von Gott auferlegte Vergnügungssteuer für mein ausladendes Leben zu betrachten.
Dadurch wurde es eine Zeit lang erträglicher.
Kurz bevor ich in die Schweiz reiste, hatte das Schicksal einen neuen Anlauf genommen, mich aus der Bahn zu werfen.
Mehr als ein Dutzend Bücher hatte ich inzwischen geschrieben und veröffentlicht und mich damit in eine erbärmliche, ja fast aussichtslose Lage gebracht.
Die meisten Freunde hatte ich verloren, weil die sich durch das Übermaß meiner Lebensführung persönlich gekränkt und auf ein minderes Maß herabgedrückt fühlten.
Schließlich war auch noch meine Frau nach über zwanzig Jahren endlich zu der Überzeugung gelangt, dass ich ein Ungeheuer sei.

Ich verlor mein Zuhause, meine Zuversicht und im Grunde genommen einfach jeglichen Zweck.
Hier unterbrach ich mich.
Mit einem Ruck stand ich auf, die Gedanken fielen ab, und mein Gehirn bot wieder die friedliche Leere, in welcher der Wald sich spiegelte.
Der Pfad stieg jetzt nur leicht an und bot aus der Höhe immer wieder Ausblicke auf das Dorf Guttet, das tief unten auf der anderen Seite der Schlucht seinen roten Funkmast in die Höhe reckte.
Die Luft vibrierte von der Hitze und begann die Farbe der wilden Erdbeeren von vorhin anzunehmen.
Der Pfad bog um einen Felsen.
Meine Augen waren auf den Boden gerichtet, weil kreisrunde Gruppen grüner Pilze meine Aufmerksamkeit erregt hatten.
Als ich die Augen hob, stand er vor mir.

Einen Augenblick hatte ich das Gefühl, als ob plötzlich ein Auto auf einer Landstraße aus dem entgegenkommenden Verkehr ausgeschert wäre und mir auf der eigenen Fahrbahnseite mit nur noch wenigen Metern Abstand entgegenraste.
Alle Wahrnehmungshöfe meines Denkens verengten sich augenblicklich auf das Bedrohungsszenario: Bär, Angriff, Ich, Tod, und rechneten die Gefahr durch.
Ungefähr zwanzig Schritte vor mir sah ich den mächtigen Körper zwischen zwei Baumstämmen.
Vom Gegenlicht der Dämmerung wirkte er wie ausgeschnitten.
Die Schulterhöhe musste gut über einen Meter sein, also gewaltig.

Der Gedanke durchfuhr mich, wie groß er wäre, wenn er sich aufrichten würde.
Die schrägen Sonnenstrahlen trafen die Schulter und die abfallende Rückenlinie und brachten das Braun seines Fells zum Leuchten.
Er leuchtete wie eine riesige Kastanie.
Von den Schulterblättern war der breite Nacken steil nach unten gezogen und sein Kopf verdeckt von Gestrüpp.
Er musste irgendetwas fressen, vielleicht Beeren oder Pilze.
Obwohl nur dieses leichte Lüftchen ging, das die Dämmerung mit sich gebracht hatte, merkte ich dennoch, dass ich sozusagen den Wind gegen mich hatte.
Aber noch im ersten Schreck wusste ich plötzlich, ich hatte keine Angst.
Gleichzeitig wusste ich aber auch, dass es kein Mut war.
Mut ist ja vielleicht wirklich nichts weiter als mangelndes Risikobewusstsein.
Risikobewusstsein aber war da.
Wieder ahnte ich, dass es etwas viel Schrecklicheres als Angst oder Mut sein könnte, was meinem Leben fehlte.
Alle diese Gedanken nahmen nur Bruchteile von Sekunden in Anspruch.
Einen Zeitraum, in dem mein Gehirn bereits hochkomplexe Strategiekonzepte, so genannte Entscheidungsbäume, ausgearbeitet hatte zwischen Flüchten oder Standhalten, die langsam in Form begrifflichen Denkens bei mir ankamen.
Fliehen kommt bei Raubtieren meist schlecht an, weil damit das Beute-Reiz-Schema ausgelöst wird.

Andererseits stand ich ihm nicht so nahe, dass die Schwelle eines Raubtiers zwischen Fluchtdistanz und kritischer Distanz überschritten war und er, sich in die Enge getrieben wähnend, unbedingt angreifen würde. Dennoch musste man bedenken, dass man ihn mit diesen rabiaten Versuchen, ihn mit Gummigeschossen zu vergraulen, auch so gereizt hatte, dass er höchst gefährlich sein konnte.

Wenn er angreift, ist es vorbei.

Dann sehe ich aus wie eines von den Schafen, denen er einfach die Bäuche aus dem Gestell gerissen hat.

Ohne ihn aus den Augen zu lassen, sah ich mich um.

Ich hatte ganz vergessen, dass ich mit ihm reden wollte.

Rechts von mir ging es steil bergauf, links von mir ebenso steil bergab.

Jede Flucht würde erbärmlich aussehen und erbärmlich enden.

Auch diese Gedanken beanspruchten nur Bruchteile von Sekunden, während deren ich mich meiner Karl-May-Lektüre als Kind erinnerte und wie Hatschi Halef Omar die Gefahr eines Bärenangriffs abwehrte, indem er schrie und sprang und sich wie ein Verrückter gebärdete.

Ganz so weit ging ich nicht.

Lautlos nahm ich einen Knüppel vom Waldboden auf, dann brüllte ich, so laut ich konnte, und schlug mit dem Knüppel gegen einen Baumstamm.

Zu meiner Überraschung tat das Tier nur zwei erschrockene Schritte zur Seite, fast wie ein Lipizzaner, bevor sich der mächtige Nacken hob und meine Haare vor Anspannung knisterten.

Dann sah ich den Kopf.

Es war eine Kuh.
Genauer gesagt war es ein halbwüchsiger Bulle, wie ich an seinem Pinsel schließlich erkennen konnte.
Er hatte genau die Größe eines kapitalen Bären und sein brauner, muskulöser Körper funkelte in der abendlichen Sonne wie eine riesige Kastanie.
Er stierte mich mit Augen an, die gut und gern fünfmal so groß waren wie die eines Bären, und trottete schließlich davon.

XV

Ich war wie betäubt.
Gerade mal einen Augenblick lang hatte ich das Gefühl, der Held meiner eigenen Geschichte zu sein.
Einen Moment lang fühlte ich mich wie überschwemmt von der schwermütigen Melodie Lermontows, *die ich in mir wusste.*
Einen Moment lang war ich mit mir zur Deckung gekommen, weil die Unmittelbarkeit der Wahrnehmung mit der Erwartung, dem Drang und der Selbstbereitschaft in Übereinstimmung geraten war, egal, wohin dies alles auch führen mochte oder geführt hätte.
Einen Moment lang schien die gesamte Mannschaft, aus der meine unübersichtliche Person sich zusammensetzt, an Bord getreten, um einen Blick auf diese Inselchen der Spiritualität zu tun und sich zu einem einzigen Menschen zusammenzufassen.
Und dann das.
Es war keine Ernüchterung.
Es war, als hätte mich eben die Pranke des Bären getroffen, auf den ich nicht gestoßen war.
Langsam begann es dunkel zu werden.
Die Farbe wilder Erdbeeren, welche von einem Gewölk, das man Zirrostratus nennt, verschwenderisch und in wüsten Schraffuren eingesetzt wurde, zerschmolz langsam zu einem glühenden Braun.

Schließlich schimmerte auch noch der Himmel wie eine riesige Kastanie durch den Wald.
Ein drittes Mal stieg ich hinunter zum Bachlauf.
Nun aber konnte ich bereits das obere Ende der Schlucht erkennen.
Ein letzter, kurzer Anstieg, und ich erreichte eine enorme Lärche, die wie mit einem Paukenschlag das Ende des Waldes markierte.
Die Baumgrenze.
Nur ein paar verkrüppelte Koniferen krabbelten hie und da noch an den Hängen.
Sonst herrschte die verheißungsvolle Lautlosigkeit des Hochgebirges, und die Täler sättigten sich wie gierige Schwämme an der herabsinkenden Finsternis.
An den Stamm der Lärche waren ein paar Kruzifixe genagelt.
Darunter hing ein hölzerner Kasten mit Glastürchen, in dem ein Heiligenbild aus Papier klebte.
Darunter stand in wackeliger Schrift: Heiliger Wendelin, schütze uns das Vieh.
Die Alp sah aus wie eine Wetterstation auf dem Südpol.
Ein paar Hütten, Wellblech, Ställe, eine große Antenne, alles war da, nur der Schnee fehlte.
Neben einer mit klarem Wasser überlaufenen Gebirgsmatte, auf der Binsen wuchsen, gab es ein aufgewühltes, zerstampftes Gelände, das von einem auf der Nordseite umgerissenen Elektrozaun umgeben war.
Unverkennbar eine Schweinekoppel.
Die Alpe schien vollkommen leer, und die Konturen der nackten Gipfel wurden von der Dämmerung rot und grün umrandet, bis ich schließlich, wie angedopt von den Farben Segantinis, bemerkte, dass ich auf den Boden starrte.

Vor mir in der von den Schweinen durchpflügten, wasserdurchsickerten Erde die Abdrücke riesiger Tatzen, fast zwanzig Zentimeter lang, jede gekrönt vom Akkord vier mächtiger Klauen.
Hier hatte ich also die Spur.
Wenigstens die Spur.
Gleichzeitig aber ahnte ich, dass Zufall und Notwendigkeit unbeirrbar wieder getrennte Wege gingen.
Auch diesmal war es weit nach Mitternacht, als ich Leuk erreichte.
Als ich vom Berg herunterkam, war das gotische Rathaus angestrahlt von Scheinwerfern, und die gläserne Kuppel von Mario Botta krönte den Schlossturm wie das Reservoir die Spitze eines Kondoms.

XVI

Die folgenden Tage verbrachte ich in großer Unruhe.
Die Stimmung war allgemein erhitzt wegen der Fußballweltmeisterschaft, in der es der Schweiz nach zwölf Jahren erstmals wieder gelungen war, die WM-Vorrunde zu überstehen und sich für das Achtelfinale zu qualifizieren.
Nach drei Spielen bereits waren sie noch immer ohne Gegentor, denn ihre Abwehr arbeitete präzise wie ein Uhrwerk.
Immer wieder schrien sich Leute auf der Straße oder sogar aus den Autos heraus zu »Hopp Schwiiz! Hopp Schwiiz!«, und ganze Häuser und Plätze versanken hinter den berühmten Schweizer Fähnchen.
Die Temperaturen waren knisternd heiß, und manchmal, wenn ein leichter Luftstoß auffuhr, züngelten die roten Flaggen wie Flammen an den Hauswänden.
Immer wieder stieg ich in diesen Tagen hinauf in die Berge, ins Turtmanntal, ins Fescheltal, wanderte in die steinernen Hochmeere des Wildstrubelgebiets hinein, zum Lötschental hinüber oder sogar hinauf bis ins Goms, aber es war, als hätte ich den Bären, wie auch mich selbst, aus den Augen verloren und folgte lediglich der Ausführung eines Bewegungszwangs, dem ein Bär und ein Ich als Alibi dienten.
Am Vorabend des Spiels der Schweiz gegen die Ukraine

ging ich auf den Hauptplatz unter der St. Stephanskirche und sah das Spiel des späteren Weltmeisters gegen Australien.
Ein ziemlich zerrüttetes Spiel, das durch einen kaum nachvollziehbaren Elfmeterentscheid besiegelt wurde.
Als ich zurückkam in meine Hütte, trank ich eine Flasche Fendant und schlief ein.
Es war noch fast dunkel, als mit der Faust gegen meine Tür gehämmert wurde.
Ich sprang auf und ging an die Tür.
Es war Anatol.
Er blickte mir entschlossen ins Gesicht und sagte dann, sie haben ihn gerade erlegt.
Was, sagte ich.
Geschossen, sagte er.
Woher weißt du das, fragte ich ihn, es ist doch höchstens fünf Uhr.
Maurice hat mich auf seinem Handy angerufen. Ich habe ihn darum gefragt, dass er gleich anruft, wenn's passiert ist.
Wer ist denn Maurice, fragte ich.
Einer der Jäger, sagte er. Er ist ein Leuker. Wir sind alte Schulfreunde.
Wo sind sie denn, fragte ich.
Sie haben ihn kurz nach vier auf der Bachalpe gestellt.
Er wollte zurückkommen auf die Schweinekoppel.
Damit haben alle gerechnet.
Sie waren dort, seit die Abschussgenehmigung aus Bern eingetroffen war, jede Nacht auf Ansitz.
Ich schlüpfte in meine braune Cordhose, packte meine zerrissenen grünen Converse-Turnschuhe an den

Schnürsenkeln, dann liefen wir zum Auto und fuhren los.
Bis Brentschen brauchten wir eine halbe Stunde.
Oberhalb des Ortes nahmen wir eine kleine, für den öffentlichen Verkehr gesperrte Straße, die von hinten über den Berg führte und die letzten hundert Meter hinabspurte auf die Bachalpe.
Als wir eintrafen, war es hell.
Eine erstaunliche Anzahl von Autos parkte kreuz und quer auf dem Gelände.
Es waren überwiegend Toyota Troopers, VW Touaregs, Mitsubishi-Geländewagen und Vans, viele schwarz, nicht wenige mit verdunkelten Heckscheiben.
Ungefähr zwanzig Männer hatten sich versammelt.
In ihrer Mitte standen die Jäger Emile Bayard, Maurice Grand und Roman Zermatten, ein weitläufiger Verwandter Anatols.
Alle drei trugen breite Schnurrbärte und hatten kühn geschnittene Gesichter.
Sie sahen aus wie Männer aus Bergfilmen.
Alle drei hatten sie ihre Gewehre geschultert, zwei österreichische Ferlacher Büchsen und eine Bockdoppelflinte von Krieghoff.
Zwei von ihnen hatten Nachtgläser um den Hals.
Sie trugen kräftige Joppen mit breiten Kragenaufschlägen und grüne Hüte mit schmalen Krempen.
Alle drei besaßen einen leicht stechenden Blick, einen Fernblick.
Bei ihnen stand der Wildhüter aus Leukerbad, ein sympathischer und ernsthafter Mann, der mich grüßte, indem er den Zeigefinger seiner rechten Hand kurz gegen die Stirn lehnte.

Sie waren umringt von einer kleinen Menschenmenge, Jägern, Wildhütern, Älplern, Bürgermeistern, Landräten und den ersten Reportern.
Ungefähr dreißig Meter entfernt lag der Bär, allein und abseits, als umgäbe ihn ein Bannkreis.
Er lag da wie ein großer, brauner, über eine Regentonne geworfener Pelzmantel.
Im wahrsten Sinne über den Haufen geschossen.
Ich fühlte nichts.
Doch gerade dies war entsetzlich.
Mir war nur, als stünde eine Tür offen, und dahinter gähnte ein Schneefeld, nicht bedrohlich, nur eintönig und durch nichts begrenzt.
Es waren die Qualen der Empfindungslosigkeit.
Wenige Minuten später sah ich einen schwarzen Van auf die Alp herunterfahren.
Er fuhr bis dicht an den Menschenauflauf heran und parkte.
Der schwarze Panzer war ein Porsche Cayenne S, wie ich nun erkennen konnte.
Lautlos öffnete sich die Wagentür, und ein massiger Mensch entquoll in seltsam purzelnder Bewegung dem Wagen.
Seine Füße tänzelten ein wenig, bevor sie seinen schweren Körper ausbalanciert hatten.
Tag wohl, brummte er in die Runde, ohne jemand besonders anzublicken.
Das ist der Großrat Brunner, sagte Anatol.
Was für ein Vieh, sagte ich.
Er ist das Oberhaupt einer der einflussreichsten Familien im Wallis.

Die Vorfahren waren durch die Bank Wirte und Fleischer.
Heute stecken sie alle in der Hotel- und der Tourismusbranche.
Er hat auch den Golfplatz anlegen lassen zwischen Susten und Brig.
Er hat sicher auch die Abschussgenehmigung in Bern beantragt, fragte ich ohne Fragezeichen.
Wahrscheinlich, sagte Anatol.
Großrat Brunner streckte den Arm aus und trollte auf einen vorsichtig und nierenkrank aussehenden Herrn zu, Urs Oggerli aus Hunzenschwil, den Berner Naturschutzbeauftragten.
Prachtvoller Bursche!, sagte er. Schad um ihn. Aber für solche Großraubtiere, zu welchem Wort er mit drei Hüben seiner Stimme ansetzte, ist in einem Land wie dem unseren halt leider kein Platz mehr.
Die Schweiz ist ja schließlich nicht Rumänien.
Der Naturschutzbeauftragte schaffte es, leicht zu taumeln, ohne sich im Geringsten zu bewegen.
Dies entlarvte ihn als Schnittstelle der Natur zur Politik.
Dann drehte sich Großrat Brunner zur Seite, und nun begegneten sich unsere Blicke.
Mit einem Male begann das Flämmchen meines Ichs wie eine Stichflamme in mir hochzuschlagen.
Ich schaute ihn an, und es war ein Blick, der, obwohl er über das Gehirn gesteuert wurde, dennoch direkt aus den Eingeweiden kam.
Seine Augen versuchten diesen Blick einfach wegzufegen, so wie ein Bär anspringende Hunde einfach abschmettert.
Aber ich hielt ihn fest.

Es war, als ob meine Augen sich in seinen Blick verbissen hätten.
Da stand er vor mir, »im Fleische seines Angesichts, mit Augen unter den Ringen«, wie ich mir erlaubt hatte, nach unserer ersten Begegnung im »Wallis Ressort« in mein Notizbuch einzutragen, und das Organ der Mordlust, welches auf der Gehirnkarte des berühmten Anatom Franz Gall am hinteren, unteren Schläfenlappen verwirrenderweise mit dem Organ der Bedächtigkeit sich berührt, aber tiefer sitzt, begann bei dem Gehirnscan, den meine Wut im Geiste durchführte, rot aufzuglühen.
Ich merkte, wie seine Schultern unruhig sich drehten, weil er ein viel zu beschäftigter Mann war, als dass er sich länger bei irgendeiner Sache aufhalten konnte, als unbedingt nötig war, aber die Bewegungen seiner runden Schultern wirkten hilflos, weil seine Augen von den meinen wie mit einem Schraubstock festgehalten wurden.
Während ich ihn anstarrte, sah ich vor mir den Kampf des jungen Fischers Santiago aus Havanna mit dem bärenstarken Neger aus Cienfuegos in dieser Taverne, die genauso aussah wie eines der schäbigen, mit Wellblech gedeckten Häuser hier oben auf der Bachalpe.
Bei aufgestützten Ellenbogen und mit geschwollenen Stirnadern hatte es zwei Tage gedauert, dieses Armdrücken, bis das Blut unter den Fingernägeln hervortrat und die Stirnen fast zersprangen vor Anspannung. Die Männer gingen ein und aus und schlossen Wetten ab, und der Schatten des Negers drohte riesengroß, weil er von der flackernden Lampe auf die Wand geworfen wurde, aber der Mann vor mir brauchte keine Lampe,

um seinen Schatten zu vergrößern, denn er war bereits ein Koloss mit einem dicken Ranzen und rundlichen Armen, und dann sah ich, wie auf seinem Gesicht diese Züge der Unverfrorenheit erste Risse bekamen, und die Umstehenden schwiegen betreten und schienen insgeheim Wetten abzuschließen auf den Ausgang dieser ungleichen Begegnung.

Und dann, nach einer Weile, die zu lange war für jemand, der keine Zeit hat, brach dieser Blick zusammen.

Seine Augen senkten sich und gingen zu Boden, und mit einer pendelnden Bewegung seines Kopfes schien er mit den Blicken dieser Augen den Boden zu wischen.

Wissen Sie, wie das Basistheorem der Systemtheorie lautet, fragte ich leise.

Wollen Sie mich provozieren, kam es drohend, aber mit niedergeschlagenen Augen zurück.

Das System, (S), ist nicht identisch mit sich selbst, wenn es die Funktion, (S), seiner selbst, (S), mit seiner Umwelt, (U), ist.

Dann drehte ich mich um und ging hinüber zu dem Bären.

Sein Kopf war auf die Schnauze gestützt und aufgerichtet, die braunen Augen waren, so klein sie im Grunde auch waren, weit aufgerissen, und um die Iris schimmerte ein honiggelber Ring.

Die vier Beine oder die zwei Beine und zwei Arme hatte er weit von sich gestreckt.

Es sah aus, als wollte er die Erde umarmen und als wäre sie nur zu groß für ihn.

Dabei war sie zu klein für ihn.

Alter Freund, sagte ich, nun haben wir doch nicht mit-

einander geredet, und ich drehte mich um und sah die Jäger, und mir wurde klar, dass die genauso bedauernswert waren wie der Bär, den sie geschossen hatten, denn auch sie schmelzen dahin wie die Gletscher.
Sie sind nur noch ein Abglanz dessen, was sie einst waren.
Auch nur noch komische Figuren, wie die Reporter, nur auf der entgegengesetzten Seite des Spektrums.
Und dann fiel es mir wie Schuppen von den Augen.
Durch eine wilde, zerklüftete Schlucht war ich vor wenigen Tagen hier heraufgekommen, der Bergwald war so still, dass ich das Blut in meinen Adern rauschen hörte, und nun stand hier alles voller Autos, die Wildnis, das ging mir plötzlich auf, ist nur noch ein Pferch, und dieser Pferch, so schlussfolgerte ich, ist für einen Bären nicht gestattet, und dann hob ich den Blick und sah alle diese Gipfel, um deren Konturen die irren Farben Segantinis flimmerten, und dann sagte ich zu mir, als redete ich mit mir sozusagen in Großdruck:

DIE ALPEN SIND VERNICHTET.

Die Bären und die Jäger, die kann man nur noch halten im Bärengraben und im Jägerheim, wo sie sich von den Problemmenschen anstarren lassen müssen.
Bald wird es nur noch diese Problemmenschen geben, nur noch die Termiten und die Spaßvögel.
Ich hörte, wie der Porsche Cayenne S gestartet wurde.
Der Motor brummte.
Ich wandte mich wieder dem Bären zu und wollte ihn berühren.
Da sah ich, dass unterhalb des rechten Auges, neben der Schnauze und links an der Stirn, der Pelz verklebt war und die Morgensonne gerade an diesen Stellen

durch die Glätte der Feuchtigkeit ein lebhafteres Spiel entfaltete.

Es war Blut, das auf dem kastanienbraunen Fell keine Farbe hatte.

Der Bär war in den Kopf geschossen worden.

XVII

Machst jetzt aber sicher keinen Blödsinn, sagte Anatol.
Ich sah ihn an und drückte ihm die Autoschlüssel in die Hand.
Er sah nun genauso aus wie sein Vater, Alfons Roten, der, nachdem er ihn gezeugt hatte im Jahre 29, weitergezogen war, ohne zumindest seinen Namen für ihn zurückzulassen.
Deshalb hieß er heute Anatol Zermatten, nach seinem Ziehvater, der ihn schließlich adoptierte, und nicht Anatol Roten.
Als er seinen wirklichen Vater später kennen lernte, wusste er aber sofort, dass er aus demselben Holz geschnitzt war wie dieser.
Ein Mann, der in sich an keine Grenzen stieß und der Ruhe und Freundlichkeit abgab, so wie die Blätter des Waldes Sauerstoff abgeben.
Anatol hat sein Foto, wie er auf dem Weg von Leukerbad nach Getwing mit einem Maultier von einem Amateurfotografen abgelichtet wurde, zu Hause über seinem Küchentisch hängen.
Nur die Esel und die Maultiere scheuen den Bär nicht, hatte er erzählt, als er mir das Bild zeigte.
Ich geh zu Fuß, sagte ich.
Bist eben auch ein Esel, sagte er.

Leider nicht, sagte ich, sonst fühlte ich mich bestimmt nicht so angeknallt.
Ist dir nicht wohl, fragte er.
Du bist gut, sagte ich, ich hab drei Kugeln im Kopf.
Dann lief ich los.
Es war der 26. Juni.
Der Tag, an dem es für den Bären aus war mit dem Tanzen.
Um 21 Uhr würde im Achtelfinale die Schweiz auf die Ukraine treffen.
Torhüter Zuberbühler.
Die Schweizer waren außer Rand und Band.
Nur im Wald hingen keine Fähnchen.
Ich stieg die Feschelschlucht wieder hinab, erst ein Stück entlang der Feschilju, wie der Bach in der Sprache der Einheimischen heißt, dann den Restigraben hinauf und von dort hinüber in den Höhwald.
Die Sonne glühte, und als ich mich bückte, um mir die Schnürsenkel zu binden, tropfte mir der Schweiß von der Stirn auf die grünen Turnschuhe.
Sicher hab ich ein Loch im Kopf, dachte ich.
Der Wald knisterte von der Hitze, aber dieses Knistern war so vollkommen überwölbt von der Lautlosigkeit wie ein kleiner Eimer Wasser vom Weltall.
Trotzdem klang es, dieses Knistern, nervös wie das Ticken einer Armbanduhr.
Wahrscheinlich ein Modell »Super Ice« von Chopard.
Eine Galahochzeit der Schweizer Uhrmacherkunst mit brillantester Juwelierarbeit.
Meine Gedanken kamen mir bedrohlich vor.
Morgen war der Tag meiner Abreise.

Um 10 Uhr 30 musste ich den Wagen in Susten zurückgeben, um 12 Uhr 15 ging mein Zug nach Zürich, von dort hatte ich um 18 Uhr 35 einen Flug nach Berlin-Tegel. Als ich den Bannwald erreichte, war es Mittag.
Unter mir sah ich Leuk liegen und links davon die Satellitenbodenstation, über welche die Amerikaner während des Golfkriegs ihre Kommandos auf die Schlachtfelder des Nahen Ostens gebracht hatten.
Im Westen des Rhonetals glitzerte Sierre in der Sonne wie eine Stadt aus Salz.
Der Waldboden war mit Reisig übersät und mit weit geöffneten Zapfen.
Während ich hinunterstolperte, als gälte es, der Abschüssigkeit meiner Gedanken noch Nachdruck zu verleihen, schürfte ich mit den Füßen immer wieder kleine Reisighaufen zusammen und warf sie in die Nähe von Baumstämmen.
Ein Funke Verstand würde wahrscheinlich genügen, um diesen Wald in Brand zu stecken, dachte ich.
Ich war sehr aufgeregt und ich hatte das Gefühl, als versuchte ich mich in verschiedene Richtungen gleichzeitig zu bewegen.
Als ich Leuk erreicht hatte, ging ich in die Kirche St. Stephan und stellte mich wieder vor das Fresko, vor dem ich, seit ich hier bin und seit ich mein Foto in der Zeitung gesehen hatte, nun mindestens ein Dutzend Mal schon gestanden hatte.
Hier wollte ich warten, bis der Migros-Supermarkt nach der Mittagspause wieder öffnete.
Erneut war ich erstaunt über die Ungewöhnlichkeit dieses nur wie eine Skizze ausgeführten Kirchenbildes mit diesen nur in Umrissen ausgeführten Wesen, welche

natürlich, da es sich um einen Höllensturz handelte, in der Darstellung den grotesken Vorbildern des Hieronymus Bosch folgten.
Trotzdem erinnerten sie verblüffend an das, was in der zeitgenössischen Schweizer Kunst, vor allem natürlich der Zeichnung, gerade heute gemacht wird.
Zeichnungen ohne gebrochene Linien, antipsychologisch ausgeführte Körper, die Logos gleichen oder Containern, und rein intellektuelle Konstellationen, mit welchen sie in groteske Beziehungen gesetzt sind.
Der Boden, auf dem die Verdammten in ihren Gräbern versinken, ist keine Natur, sondern eine Architektur des Schreckens.
Diese Architektur ist geometrisch und in der Perspektive leicht gekippt, und es sieht ein bisschen so aus wie das Holocaustmahnmal neben dem Brandenburger Tor.
Irgendwie erinnerte mich dieser Gebrauch der Umrisszeichnung an die Arbeiten von Haniman oder Yves Netzhammer, der auf der nächsten Biennale in Venedig den Schweizer Pavillon einrichten wird.
In der Bildmitte des Freskos gibt es einen »Wilden Mann«.
Es ist ein Mischwesen zwischen einem Mann und einem aufgerichteten Bären.
So, wie er vorwärtsstürmt, musste ich an Michael Ballack denken.
Ballack im Spiel gegen Polen am 14. Juni im Jahre des Bären.
Ganz unten aber gab es die von Scheusalen der Hölle gequälten Sünder, denen die Flammen der ewigen Verdammnis um die Füße züngelten.

Als der Migros-Markt wieder öffnete, der natürlich kein echter Migros-Markt war, denn sonst gäbe es dort keinen Alkohol, sondern ein Einzelhändler, welcher der Kette nur angeschlossen war, kaufte ich zwei Flaschen Fendant und eine Flasche Rare Justerini & Brooks Whisky.
Zusammen mit dieser Flasche J&B Whisky, gebrannt by appointment von fünf gekrönten Häuptern Schottlands und seiner Hoheit, dem Prinzen von Wales, besorgte ich mir noch zwei Tafeln Schokolade von Sprüngli, den *Blick* und die *NZZ* und etwas Proviant für die morgige Fahrt.
Ich hatte den Beschluss gefasst, mich zu betrinken.
Als ich zurück war in meiner Hütte und die Tüte auspackte, steckte ein Päckchen zwischen den Zeitungen, gerade so, als hätte ich es dazwischengesteckt, um es an der Kasse vorbeizuschmuggeln, und möglicherweise war mir das ja sogar gelungen.
Ich öffnete die Packung, und in ihr lagen neun weiße Paraffinwürfel, die getränkt waren in mit Wasserstoff angereicherten Erdöldestillaten und die aussahen wie zu groß geratener Würfelzucker.
In Deutschland nennt man sie Grillanzünder.

XVIII

Ich erwachte mit einem Schlag, obwohl ich fast noch betrunken war.
Es war das dritte Mal, dass ich nach ziemlich genau einer Stunde mit einem Schlag hellwach war und dass mein Puls raste.
Es war jedes Mal so, als hätte mich ein Schuss hochfahren lassen.
Beim zweiten Mal war ich aufgestanden, da hatte es gerade drei Uhr nachts geschlagen.
Etwas benommen war ich in den Ort bis zum Hauptplatz getaumelt, der natürlich vollkommen leer war und der vor mir lag wie ein gesunkenes Schiff.
Ich schaute mich um nach irgendeinem Zeichen, wie das Spiel gegen die Ukraine ausgegangen sein könnte, fand aber nichts.
Dann sah ich die Fähnchen an den Hauswänden, die schlapp und reglos nach unten hingen, und ich wusste plötzlich, dass dies auch der Tag gewesen war, an dem es für die Schweiz aus war mit der WM.
Ich ging zurück, legte mich hin und schlief sofort wieder ein.
Nun, beim dritten Mal, wusste ich, ich musste noch einmal hinaufgehen, um die roten und grünen Sonnen abzusammeln, die ich in solchen rasenden Wäldern hatte hängen lassen, in denen ich mich als Kind so getröstet fühlte.

Es war noch dunkel, und ich hatte das Gefühl, als hätte ich den Mund voller Salat.
Diesmal nahm ich nicht die Straße durch den Ort, sondern ich schlug den Weg in die entgegengesetzte Richtung ein und stieg über die Weinberge hoch in den Wald.
Ich stolperte den Berg hinauf wie einer, der nicht alle beisammen hat.
Ich hastete vorwärts, und durch die Kasematten des unteren Bergwalds blies die Nacht ihre Asche und ihren Ruß.
Meine Augen waren wie die geladenen Revolver überschüssiger Sommertage, und ich bewegte mich wie das kategorische Ungeheuer irgendeiner Apokalypse.
Wie Michael Ballack im Spiel gegen Polen stürmte ich hinauf ins Spielfeld des Bären, aber die Schweinsteigers und die Miroslav Kloses schossen die Tore und die Maurice Grands und Emile Bayards schossen den Bären, während meine Schüsse vielleicht das Spiel bestimmten, aber nie ins Tor gingen, höchstens ab und zu mal an der Torlatte anklopften.
Ballack ist der Mittelstürmer und ich bin sein Borderliner, schoss es mir durch den Kopf.
Wie konnte ich es nur so weit kommen lassen, in meinem Leben diesen Dämmerzustand zwischen Galgenfrist und Gnadenbrot hinzunehmen.
Ein verpeilter, an den eigenen Rand gepoppter City-Helikopter mit Höhenangst, das war aus mir geworden.
Was hat mich bloß dazu gebracht, die Verzweiflung des Beobachtens und den Schrecken der Erkenntnis gegen diese vornehme Erloschenheit einzutauschen, die un-

weigerlich bei den Fragen endet, wann Mickey Mouse Miss Piggy verrät oder wer Bambi ermordet hat.
Ich habe mein Pulver verschossen, dachte ich.
Ich konnte nicht mit ihm reden, weil ich nicht mit mir reden kann, weil ich eigentlich überhaupt nicht reden kann.
Ich bin gestrandet, und ich werde sterben wie eine Medusenqualle, wenn die Flut der Empfindung mich nicht mehr in ihre erfrischenden Tiefen zurückspült.
Ich sah hinauf zu den Sternen und bemerkte, dass es zwei mehr waren als sonst.
Schließlich habe ich immer mitgezählt.
Die Nacht ist ein tanzender Bär, summte ich.
Aber auch mein Herz ist ein tanzender Bär.

Da warf die Sonne ihre ersten Funken, und der Wald wurde durchsichtig und rosig wie Hagebuttentee.
Nein, das muss wahrscheinlich heißen, auch mein Herz ist ein springender Funke, sagte ich mir.
Es liegt nur an dir, dass es jetzt richtig hell wird, dachte ich, und mir wurde ganz heiß im Kopf und die Neuronen meines Gehirns feuerten mit über tausend Spikes pro Sekunde.
Dann warf ich den ersten Zuckerwürfel, an dem mit Hilfe eines BIC-Feuerzeugs das Flämmchen meines Ichs aufzuflackern begann, in den ersten Reisighaufen.

XIX

Gegen neun Uhr morgens war ich zurück im Ort.
Die Sonne glühte inzwischen, der Wein freute sich.
Ich stoppte an der Kirche St. Stephan, um mir die Flämmchen auf dem Fresko noch mal anzusehen, die aus der Hölle emporschlugen.
Ich wollte sie mir einprägen.
Als ich die Kirchentür öffnete, hörte ich die Gemeinde murmeln: *Herr, ich bin nicht würdig, dass du eingehst unter mein Dach* …
Es war gerade Morgengottesdienst.
Ich öffnete die Glastür des Windfangs, da schwoll es mir ungedämpft entgegen:
Aber sprich nur ein Wort, dann wird meine Seele gesund.
Sofort verließ ich die Kirche wieder und ging zurück zum Speicher.
Dort nahm ich die Koffer, die ich am Vorabend noch gepackt hatte, und verstaute sie im Wagen.
Dann räumte ich die Hütte auf, zog die Betten ab und verließ Leuk.
Pünktlich um 10 Uhr 30 brachte ich den Wagen zurück in die Garage an der Hauptstraße unten in Susten.
Anschließend machte ich mich mit zwei Rollenkoffern und einer Reisetasche über den Schultern auf den Weg zum Bahnhof.
Kurz bevor ich den Kreisverkehr erreichte, an dem die

Straße nach Leuk abzweigt, sah ich ein Feuerwehrfahrzeug mit Blaulicht und Martinshorn auf mich zurasen. Geistesgegenwärtig sah ich zum Himmel, ob Helikopter in der Luft wären.
Meine Sinne waren in heller Aufregung.
Zu meiner größten Verblüffung aber bog das Feuerwehrfahrzeug nicht in die Straße nach Leuk hinauf, sondern verließ den Kreisverkehr geradeaus in Richtung Sierre.
Eine halbe Stunde vor Abfahrt des Zuges erreichte ich den Bahnhof.
Ich stellte die Koffer ab und rührte mich nicht.
Ich bewegte mich nicht und wartete darauf, dass irgendetwas passierte.
Es passierte nichts.
Erst nach einer ganzen Weile sah ich Anatol am Ende des Bahnsteigs stehen.
Er hatte eine Tüte von Migros in der Hand und kam langsam auf mich zu.
Dann blieb er vor mir stehen und schaute mich an.
Er nahm den *Blick* aus der Tüte und zeigte mir die Titelseite.
Die Schlagzeile lautete ganz schlicht »Braunbär Bruno von Jägern erlegt«.
Darunter ein großes, farbiges Foto, das den Bären zeigte, die Schnauze aufgestützt, die Arme und Beine ausgebreitet.
Das Foto war oben auf der Bachalpe aufgenommen worden.
Im Hintergrund sah man die Männer, die die Jäger umringten.
Unter ihnen stand ich, und man konnte gut erkennen, wie ich dem Großrat Brunner ins Gesicht starrte.

Es war das gleiche Gesicht wie vor drei Wochen, als ich in Leuk ankam.
Weiter nichts als ein Gesicht in weiter nichts als einer Zeitung.
Dann öffnete Anatol die Tüte und hielt sie mir unter die Nase.
Alle Neune, sagte er.
Ich sah die angekokelten Grillanzünder.
Ich brauchte eine ganze Weile, bis ich meine Gedanken geordnet hatte, dann sagte ich: Also alle Spiele verloren.

XX

Als ich meine Wohnung in Berlin betrat, war es Nacht. Ich setzte mich an meinen Schreibtisch und öffnete eine Flasche Leuker Sonne Grande Cuvée, die ich im Koffer aus der Schweiz mitgebracht hatte.
Es war ein Pinot Noir, also ein Blauburgunder, ein typischer, körperreicher und rubinroter Wein von der Südrampe.
Auf meinem Schreibtisch lag die Reclamausgabe von Stifters »Granit«, daneben die Taschenbuchausgabe von Hemingways »The old man and the sea«, die ich für eine Neuübersetzung durchgearbeitet hatte.
Darunter lag aufgeschlagen eines meiner Arbeitsbücher, der Anfang einer Erzählung, die ich zurückgelassen hatte, weil ich mir den Rücken freihalten wollte für den Versuch einer Selbstfindung, zu der es nun ja nicht gekommen war.
Irgendwie hatte es wohl zu tun mit diesem durchgebrannten Band zwischen dem Beobachter und dem Beobachteten oder der Unmöglichkeit, sich mit den eigenen Augen auf den Hinterkopf zu schauen.
Die Erzählung begann mit folgenden Worten:
Bevor dieses Buch beginnen konnte, sich selbst zu schreiben, war Feuer ausgebrochen auf einer Seite, ein Feuer, das sich so rasch ausbreitete, dass es in einer Zeit, die kaum gereicht hätte, die ersten Zeilen zu Papier zu bringen, sich selbst vollständig auffraß.

Die Worte, die für das Buch bestimmt waren, fütterten nur die Flammen.

Auf einer ausgedruckten Seite neben diesem Arbeitsbuch stand der Satz: *Ich kann dich nicht suchen, ich kann dich höchstens finden.*

Darunter stand eine ebenfalls ausgedruckte Nachricht vom Rechtschreibprogramm meines Computers, genauer gesagt wohl dem Grammatikprogramm, welche lautete:

Bitte prüfen Sie Subjekt-Prädikat-Kongruenz zwischen Ich und finden hinsichtlich Numerus und Person.

Ich knipste mein BIC-Feuerzeug an, um mir eine Zigarette anzuzünden, schaute dann aber bloß auf das Flämmchen.

Schließlich legte ich die nicht angezündete Zigarette wieder aus der Hand, nahm das Glas Rotwein, das vor mir stand, und goss es über das brennende Feuerzeug in meiner Hand.

Den Rest der Flasche goss ich über meinen Kopf, dann war endlich Ruhe.